El italiano y su ama de llaves

Sharon Kendrick

Bianca™

HARLEQUIN™

Editado por HARLEQUIN IBÉRICA, S.A.
Hermosilla, 21
28001 Madrid

I.S.B.N.: 978-84-671-6107-6
Depósito legal: B-5573-2008
Editor responsable: Luis Pugni
Preimpresión y fotomecánica: M.T. Color & Diseño, S.L.
C/. Colquide, 6 portal 2 - 3º H. 28230 Las Rozas (Madrid)
Impresión y encuadernación: LITOGRAFÍA ROSÉS, S.A.
C/. Energía, 11. 08850 Gavá (Barcelona)
Fecha impresion para Argentina: 29.9.08
Distribuidor exclusivo para España: LOGISTA
Distribuidor para México: CODIPLYRSA
Distribuidores para Argentina: interior, BERTRAN, S.A.C. Vélez
Sársfield, 1950. Cap. Fed./ Buenos Aires y Gran Buenos Aires,
VACCARO SÁNCHEZ y Cía, S.A.
Distribuidor para Chile: DISTRIBUIDORA ALFA, S.A.

Capítulo 1

NATASHA no necesitaba ver la cara de él para saber que algo ocurría.

Lo podía intuir por el portazo que había dado y por las pisadas que se oían en la entrada... por la momentánea vacilación que no era típica de Raffaele. Oyó cómo maldecía en italiano y cómo se dirigía hacia su despacho. Entonces el silencio se apoderó de la situación y algo muy parecido al miedo se apoderó de ella.

Él había estado de viaje por América, donde poseía propiedades inmobiliarias tanto en la costa este como oeste, y siempre que regresaba de un viaje iba a buscarla para preguntarle cómo estaba. Y cómo estaba Sam.

A veces, si viajaba en vuelo regular en vez de en su avión privado, se acordaba de traerle al pequeño algún peluche o algún juego que compraba en el aeropuerto.

Comenzó a preparar café, un café muy cargado... justo como Raffaele le había dicho que le gustaba cuando ella había comenzado a trabajar para él. Le parecía increíble cómo los recuerdos se podían quedar gradados en la memoria aunque no significaran nada. Todavía podía recordar el escalofrío que había sentido cuando él se había acercado a ella, demasiado para que ella estuviera tranquila... aunque le había parecido que a él no le había afectado para nada.

–En Italia decimos que el café tiene que tener el aspecto de la tinta y que debe saber como el cielo. Muy fuerte y muy oscuro... como la mejor clase de hombres. ¿Comprendes? *Capisci?* –había dicho él, mirándola con sus oscuros ojos negros.

Había parecido como si le hubiera divertido que una mujer necesitara que le enseñaran a preparar café.

Pero así había sido; ella había necesitado que le enseñaran muchas de las cosas que él había dado por hechas. Él había estado acostumbrado a lo mejor de lo mejor, mientras que ella se había conformado con muy poco... hasta que había llegado el día en el que apenas le había quedado dinero. Todavía se estremecía al recordar el lío en el que se había visto metida. No quería regresar a aquella situación de pasar hambre, incertidumbre y verdadero miedo... a la situación en la que se había encontrado antes de que Raffaele le hubiera salvado.

Se preguntó si habría sido por eso que desde entonces ella lo había colocado en un pedestal...

Puso la cafetera y una taza de café en la bandeja, junto con dos galletas de almendras, que eran las favoritas de él. Había aprendido a hacerlas en un libro de cocina italiana que le había regalado él unas Navidades.

Se miró en el espejo de la cocina para ver qué aspecto tenía. Su pelo castaño claro estaba arreglado y su ropa parecía impecable. Tenía un aspecto eficiente sin ser intimidatorio.

Desde que había nacido Sam no se maquillaba por el temor de que la gente la juzgara aún más de lo que ya hacían. No había querido que pensaran que estaba sexualmente disponible por haber sido madre soltera.

Había aprendido que era más fácil si mantenía las cosas simples; si no se maquillaba tenía más tiempo por las mañanas, así como también ganaba tiempo arreglándose el pelo en una coleta. Tenía el aspecto de lo que esperaba ser... un respetable miembro del personal de Raffaele.

—¡Natasha! —la llamó él de manera autoritaria.

Ella tomó la bandeja a toda prisa y subió al despacho de Raffaele, que estaba en la planta de arriba. Pero al llegar a la puerta se detuvo al verlo. Frunció el ceño y se dijo a sí misma que su instinto había acertado... a él le ocurría algo.

Raffaele de Feretti era un soltero multimillonario, así como también su jefe. Era el hombre al que ella había amado desde casi la primera vez que lo había visto. Pero claro, *no* amarlo habría supuesto un gran reto...

Él no se había dado cuenta de su presencia y estaba mirando por la ventana cómo llovía sobre el parque londinense que había frente a su casa, que en días normales estaba lleno de niñeras o de madres con sus hijos.

Cuando Sam había sido más pequeño, Natasha había acostumbrado a llevarlo al parque. Se había sentido una privilegiada por haberlo podido hacer, pero al mismo tiempo había tenido un poco de miedo, como si hubiese temido que alguien se hubiese acercado a ella para decirle que no tenía derecho de estar allí. Su hijo, desde luego, no había sido consciente de la zona tan exclusiva en la que había jugado, pero ella, cada vez que había visto a su hijo jugar con la pala, le había dado las gracias al cielo por haber hecho aparecer a Raffaele de Feretti en su vida.

—¿Raffaele? —dijo en voz baja.

Pero él no se dio la vuelta. Ni siquiera cuando ella dejó la bandeja sobre su escritorio haciendo un poco de ruido.

—¿Raffaele? —repitió.

Despacio, él se dio la vuelta y suspiró al verla. Natasha. Frunció el ceño y volvió al presente...

—¿Qué ocurre?

—Te he subido café.

Él no recordó haber pedido café, pero le vendría bien. Natasha siempre acertaba. Asintió con la cabeza para que ella le sirviera y se sentó en el sillón de cuero que había detrás de su escritorio. Se tocó la barbilla de la manera que siempre hacía cuando había algo que le preocupaba, como la compra de alguna empresa... pero aquel día se trataba de algo mucho más importante. Esbozó una mueca, porque a diferencia de los asuntos de negocios, que solía resolver sin problemas, el problema que le ocupaba la mente era de la clase de la que él solía apartarse normalmente. Era personal.

—¿Ha telefoneado alguien esta mañana? —exigió saber.

—Nadie.

—¿Ni la prensa?

—No.

La prensa había estado molestando mucho desde que una estrella de la televisión había dicho que Raffaele le había hecho el amor... ¡cinco veces en una noche! El asunto ya estaba en manos de sus abogados y simplemente con pensar en ello, aunque sabía que no era cierto, Natasha se ponía enferma. Trató de bromear para aliviar la tensión que se había apoderado de su jefe.

–Bueno, no hay prensa *a la vista*... pero claro, siempre podría haber un par de reporteros escondidos en los arbustos. ¡Ya ha ocurrido antes!

Pero él no se rió.

–¿Has estado en casa todo el tiempo? –quiso saber.

–Sí, salvo cuando llevé a Sam al colegio... pero regresé a las nueve y media.

Desde tan cerca, Natasha pudo ver que él parecía diferente. Sus brillantes ojos negros estaban ensombrecidos y las pequeñas arrugas que tenía alrededor de ellos parecían más pronunciadas, como si no hubiese dormido durante el tiempo que había estado ausente.

–¿Por qué? ¿Esperabas a alguien?

No estaba *esperando* a nadie, ya que ello implicaría que había invitado a alguien... y desde luego que no lo había hecho. Negó con la cabeza. Él era un hombre que no entregaba su confianza con facilidad debido a que durante su vida había conocido a demasiada gente que había querido algo de él... sexo, dinero o poder. Pero con Natasha había llegado a tener algo muy parecido a una confianza implícita... aunque era consciente del peligro de confiar en otra persona a no ser que fuese absolutamente necesario.

Aquella encantadora mujer inglesa ya sabía demasiadas cosas sobre su vida... y el conocimiento era el poder. Hasta aquel momento le había sido fiel, ya que le debía mucho, pero si la codicia se apoderaba de ella y vendía su historia a la prensa, lo destrozaría...

–No, Natasha... no esperaba a nadie –se sinceró él.

–Has vuelto pronto de América.

–No he estado en América. En vez de eso fui a Italia.

–Oh, ¿por alguna razón en especial? –preguntó

ella, acercándole el azúcar. Era consciente de que estaba siendo más persistente de lo normal.

–No importa –contestó él, que parecía más preocupado que nunca.

–Ocurre algo... ¿no es así, Raffaele? –insistió ella ya que lo amaba.

Inexplicablemente, durante un momento, él sintió la tentación de sincerarse. Pero entonces esbozó una expresión de desdén que raramente utilizaba con ella.

–No te corresponde preguntarme algo así –respondió fríamente–. Lo sabes.

Sí, ella lo sabía y lo aceptaba. De la misma manera en que aceptaba tantas otras cosas de la vida de él. Como las mujeres que a veces compartían su cama y que bajaban por la mañana para desayunar después de que él se hubiese marchado al centro de la ciudad. A ella se le destrozaba el corazón al tener que prepararles tostadas y zumo de naranja.

Era cierto que hacía tiempo que ninguna de aquellas *intrusas* aparecía por la casa... de hecho, seguramente que él comenzaría con otra en poco tiempo. Quizá era eso lo que le preocupaba. Tal vez alguna mujer le estuviera haciendo sufrir por primera vez.

Se sintió avergonzada al pensar aquello y pensó que quizá era su media hermana la que le tenía preocupado y que por eso había viajado a Italia.

–Elisabetta está bien, ¿verdad? –preguntó.

–¿Por qué preguntas por mi hermana? –exigió saber él con un peligroso sigilo.

Ella no le iba a decir que había sido porque parecía que su hermana era lo único que le preocupaba. Se encogió de hombros, recordando la llamada telefónica que él había recibido del psiquiatra de Elisabetta hacía un par de semanas, tras la cual Raffaele se había sentado en su despacho hasta que había anochecido.

–Sólo ha sido un presentimiento de que las cosas no estaban bien.

–Bueno, ¡pues *no* tengas presentimientos! –espetó él–. ¡No te pago para que los tengas!

–No, desde luego que no. No debería haber dicho nada. Lo siento –dijo ella, a quien las palabras de él le habían herido el corazón.

Pero Raffaele vio el leve temblor de los labios de ella y se ablandó, suspirando.

–No, soy yo quien debe sentirlo, *cara*. No debí hablarte de esa manera.

Pero lo había hecho y quizá iba a seguir haciéndolo... lo que hizo que Natasha se preguntara si podría soportarlo.

También había que añadir que, según Sam fuese creciendo, comenzaría a darse cuenta de las diferencias que había entre él y sus compañeros de colegio. La magnífica casa en la que él vivía no era en realidad *su* casa, sino que pertenecía al multimillonario jefe de su madre. No sabía cuánto tiempo pasaría antes de que eso comenzara a importar y antes de que sus amigos comenzaran a reírse a su costa.

Raffaele a veces la llamaba *cara*, pero no lo hacía en el sentido romántico de la palabra.

–Será mejor que me marche –dijo ella formalmente–. Quiero preparar una tarta... Sam va a traer a un amigo a merendar –explicó, dándose la vuelta apresuradamente antes de que él pudiese ver las estúpidas lágrimas que amenazaban sus ojos...

Pero Raffaele se percató de la rigidez de los hombros de ella y se dio cuenta de que la había herido. Sabía que, pasara lo que pasara, Natasha no se lo merecía. Quizá era hora de que confiara en alguien más que en su abogado. Troy veía las cosas en blanco y negro, como hacían todos los abogados. Para eso se les pagaba; para que resolvieran formalidades, no emociones.

Pero incluso para un hombre que había pasado toda la vida huyendo de los sentimientos y de sus estrepitosas consecuencias, a veces, como en aquel momento, enfrentarse a ellos parecía inevitable. Natasha era una mujer... y parecía que las mujeres entendían los sentimientos mejor que los hombres. Desde luego mejor que él. Se preguntó qué mal podría hacer si se lo contaba...

Quizá era verdad lo que decían, que si contabas las cosas las veías de manera diferente.

Él había pasado la mayor parte de su vida actuando correctamente y había logrado un gran éxito, aunque lo que más le gustaba era el poder de control que ello le otorgaba. Pero durante las últimas semanas había visto cómo se le escapaba de las manos... y le desasosegaba.

–¿Natasha?

–¿Qué? –contestó ella sin darse la vuelta. Estaba demasiado ocupada parpadeando, tratando de apartar las lágrimas de sus ojos.

–Elisabetta está ingresada en una clínica –dijo él sin rodeos–. La hemos traído de incógnito a Inglaterra y estoy aterrorizado de que la prensa lo vaya a descubrir.

Capítulo 2

QUÉ? –dijo Natasha, impresionada.

–Mi hermana ha sido admitida en una clínica privada en el sur de Inglaterra con un gran ataque de ansiedad –dijo Raffaele.

Natasha se dio la vuelta para mirarlo, tendiéndole automáticamente las manos para reconfortarlo. Pero vio cómo él las miró... como si fuesen algo indigno, lo que ella suponía que así era, por lo que las bajó de inmediato.

–Hemos estado tratando de mantener el tema apartado de la prensa –continuó él.

–¿Hemos?

–Troy y yo. Y los médicos que están a su cargo. Les preocupa que ello la agobie aún más. Si la prensa se entera, cuando ella salga de la clínica la agobiarán y provocarán que mi hermana se hunda completamente. La clínica tiene un buen sistema se seguridad, pero siempre hay fotógrafos por los alrededores por si se enteran de una nueva noticia. Y ya sabes cómo les gusta a la gente este tipo de historias... *la chica que lo tiene todo repentinamente se vuelve loca.*

–Oh, Raffaele –dijo ella con la preocupación reflejada en sus ojos azules–. ¡Pobre Elisabetta! ¿Qué ha ocurrido?

Raffaele quería pedirle a Natasha que no lo mirara

de aquella manera y que no dijese su nombre de una forma tan dulce, ya que su amabilidad le estaba haciendo sentir todo tipo de cosas que él no necesitaba sentir en aquel momento. Deseaba abrazarla y apoyar su cabeza en la hermosa piel blanca de aquella mujer...

—Ya sabes que no tuvo una educación muy estable —dijo, tragando la amargura que sentía en la boca—. Nació cuando mi madre estaba tratando de complacer desesperadamente a su nuevo marido. Ella sabía que él quería un hijo... y, aunque mi madre tenía ya más de cuarenta años, hizo todo lo posible para quedarse embarazada.

Raffaele había sido un quinceañero por aquel entonces y recordaba haberse sentido apartado por la nueva obsesión de su madre. Pero cuando hubo nacido su hermanita la había protegido mucho, aunque se hubo quedado muy aliviado cuando poco después hubo tenido que marcharse a la universidad.

Frunció el ceño al recordar todo aquello...

—Elisabetta me dijo una vez que nuestra madre y su padre se habían sentido decepcionados de que ella no hubiese sido un niño. Su padre había querido a alguien para que le sucediera en el negocio, y aquella fantasiosa y artística niña era la antítesis de lo que él había necesitado. Quizá esa actitud sembró en mi hermana la semilla de la ansiedad... o quizá hubiese ocurrido de todas maneras. ¿Quién sabe qué lo ha causado? Todo lo que yo sé es que existe.

—¿Pero ha ocurrido algo? —preguntó Natasha en voz baja—. ¿Algo que la haya llevado al límite?

—¿Cómo lo has adivinado? —quiso saber él, examinándola con su oscura mirada.

–¿Ha sido un hombre?

–¡Qué perspicaz de tu parte, Tasha! –dijo él–. Una relación –corrigió mordazmente–. Alguien que Elisabetta pensaba que se había enamorado de ella... pero claro, había sido la inmensa fortuna de mi hermana la que lo había atraído. ¡*Maldito* dinero! ¡Maldito sea!

Natasha se mordió el labio inferior. A veces, trabajar para un hombre tan rico como Raffaele implicaba decirle cosas que realmente él no quería oír... porque nadie más se atrevía a decírselo. Tal vez aparte de Troy, que nunca escondía los hechos.

–Eso no es justo, ¿no te parece, Raffaele? Quiero decir que tú eres inmensamente rico y no te perjudica, ¿verdad? Tú *disfrutas* de tu dinero –indicó ella, dulcificando aquella verdad al esbozar una sonrisa–. Así que no le puedes echar la culpa de todo al dinero.

Raffaele esbozó una mueca y se dijo que aquello era lo que pasaba cuando confiabas en alguien como ella.

–¿Piensas que puedes criticarme? –exigió saber, furioso–. ¿Te atreves a hacerlo?

–No –contestó ella pacientemente–. Simplemente estoy tratando de que veas las cosas con más claridad, eso es todo.

–¡Mi hermana no debía haberse mezclado con alguien de tan baja categoría!

–Ella es una mujer joven, Raffaele. Tú no siempre...

–¿Que yo no siempre... qué? –provocó él peligrosamente.

–Tú no siempre has acertado al elegir tu compañía femenina, ¿no es así?

—*¿Qué?*

Natasha lo miró a los ojos y vio reflejada en ellos la incredulidad. Pero no apartó la mirada ya que el pensar en la pobre hermana de él le daba la valentía para enfrentarlo.

—Te pido que pienses en la mujer con la que estás viéndote.

—*Madonna mia!* —exclamó él—. La he visto sólo dos veces y no hubo ningún contacto íntimo. ¿Soy yo responsable de las mentiras de una actriz embustera que quiere utilizar mi reputación y mi dinero para forjarse una carrera? Y, además, Elisabetta es mi hermana —continuó tenazmente—. Es distinto.

Natasha suspiró. Era aquel antiquísimo estándar que algunos hombres, sobre todo los machos a la vieja usanza como Raffaele, aplicaban a todas las mujeres. Para ellos había dos tipos de mujeres: *madonnas* y las mujerzuelas. Se mordió el labio inferior, preguntándose en qué categoría la incluiría a ella.

Su comportamiento desde que había entrado a trabajar en la casa Feretti había sido intachable... pero era madre soltera y, sin duda, eso suponía puntos negativos en los estándares de Raffaele.

—¿Por qué no me cuentas lo que ha ocurrido? —dijo con suavidad.

—¿Qué hay que contar? Este canalla sacó cada céntimo de la cuenta bancaria de mi hermana y después huyó. Pero antes la había convencido de que la amaba y de que no podría amar a nadie más tanto como a ella. Elisabetta dejó de comer. Dejó de dormir. Su piel tiene el aspecto del papel, y sus brazos... son como *esto*... —dijo, juntando su dedo índice con su pulgar en un círculo para darle una idea a Natasha de los escuálidos miembros de su hermana–. Está enferma, Tasha.

Frunció el ceño al ver la preocupación reflejada en la cara de Natasha. Pensó que, gracias a Dios, era a ella a quien le estaba hablando, ya que nadie antes le había visto acercarse siquiera a sentirse vulnerable.

–¿Estás bien? –preguntó Natasha, inquieta.

–¡Debería haber sido capaz de protegerla!

Natasha fue a decirle que las mujeres modernas eran lo suficientemente fuertes como para no necesitar protectores... pero eso no era completamente cierto, ¿no había hecho eso mismo Raffaele con ella? ¿Y no había tratado a su hijo como... bueno, no como si hubiese sido suyo, pero sí como a un pariente al que se le tiene mucho cariño?

Se preguntó si había olvidado lo desesperada que se había sentido cuando se había arrojado sobre él para pedirle ayuda.

Había llamado al timbre de la puerta de él una noche, en respuesta a un anuncio que había aparecido en un periódico solicitando un ama de llaves. Raffaele había abierto la puerta él mismo...

–¿Sí? –había dicho–. ¿Qué quiere?

Natasha apenas se había percatado del autocrático tono de la voz de él ni de la manera en la que había fruncido el ceño.

–He venido por el anuncio del periódico, sobre el trabajo –había dicho ella.

–Llega demasiado tarde.

–¿Quiere decir que ya se lo han dado a alguien? –había preguntado ella, destrozada ante la noticia.

–Quiero decir que llega demasiado tarde, literalmente. Ya no voy a seguir realizando entrevistas por hoy. Póngase en contacto con la agencia y trataré de hacerle un hueco mañana.

Pero Natasha había estado desesperada... y la desesperación puede llevar a la gente a hacer cosas raras. Puede llegar a infundir en las personas una gran determinación...

—No —había dicho ella con firmeza.

—¿No? —había dicho él, impresionado ante el descaro de aquella mujer.

—Si me marcho ahora, quizá usted contrate a otra persona antes de entrevistarme a mí, y nadie hará el trabajo mejor que yo. Se lo puedo prometer, señor de Feretti.

—*Signor* de Feretti —había corregido él.

Pero ella había logrado despertar el interés de él con su pasión y determinación... y con el frío miedo que se había reflejado en sus ojos.

Él había abierto la puerta un poco más para que la luz de dentro iluminara a aquella mujer. Al haberla visto bien había pensado que no suponía una gran tentación... y se había dicho a sí mismo que quizá eso era una buena cosa. Algunas de las aspirantes que había entrevistado aquel mismo día habían sido muy sexys y habían dejado más que claro que trabajar en la casa de un soltero multimillonario estaba en el primer puesto de su lista de preferencias. Y las que habían sido más mayores habían parecido dispuestas a ejercer de madre para él.

—¿Qué le hace pensar que hará el trabajo mejor que nadie? —había preguntado.

No había otra respuesta más que la pura verdad.

—Porque no puede haber nadie que quiera el trabajo

tanto como yo. Como tampoco hay nadie que lo *necesita* tanto como yo.

Raffaele se había dado cuenta de que ella había estado temblando. Le habían chirriado los dientes y sus ojos habían reflejado algo salvaje. En aquel momento había pensado que quizá le hubiera estado ofreciendo trabajo y alojamiento a alguien levemente perturbada, pero a veces él se dejaba llevar por un instinto más fuerte que la lógica o la razón... y aquélla había sido una de esas ocasiones.

—Será mejor que entre —había dicho.

—¡No! ¡Espere!

Raffaele había fruncido entonces el ceño; apenas había podido creer lo que había oído.

—¿Que espere?

—¿Puede darme unos minutos y ahora mismo regreso?

Mientras había asentido con la cabeza, él se había dicho a sí mismo que estaba siendo un tonto... y ni siquiera había tenido la excusa de los tontos de haber sido cegado por una preciosa cara y un bonito cuerpo.

Había vuelto a entrar en la casa a esperar y, como ella no regresaba, había pensado que ya no lo haría. Se había dicho a sí mismo que era mejor de aquella manera, aunque en realidad se le había despertado la curiosidad.

Pero entonces el timbre de la puerta había vuelto a sonar; en aquella ocasión con mucha más insistencia. Él casi había perdido los nervios al haberse dirigido a abrir.

—¡No está dando buen ejemplo para una entrevista! —hubo espetado.

Pero entonces había visto que la mujer llevaba en

brazos a un niño durmiendo y que en los peldaños que subían a su casa había un cochecito...

—¿Qué *demonios* es esto?

Sin pensar, la había metido dentro de la casa, maldiciendo en italiano. La hubo guiado frente a la chimenea, donde ella se arrodilló sin soltar al pequeño y suspiró, aliviada.

—Mi amiga ha estado cuidando de mi be... bebé en la parada del autobús mientras venía a verle.

Durante un momento, Raffaele había sentido pena y furia en igual medida... así como algo más. Había pensado que ayudaría a aquella mujer, pero sólo si ella probaba que lo merecía.

—Las histéricas no funcionan —había dicho fríamente—. No conmigo.

Justo a tiempo, Natasha se había dado cuenta de que él había hablado en serio y, habiendo respirado profundamente, había mirado a Sam.

—¿Cuánto tiempo tiene el niño? —había preguntado Raffaele.

—¿Cómo demonios ha sabido que es un niño? —había preguntado ella, mirándolo.

—Porque está vestido de azul —había contestado él, habiendo sonreído ante la ternura que le había causado el orgullo materno de ella.

—¡Oh, sí! —había dicho ella—. Tiene casi dieciocho meses —había añadido.

Raffaele no había sabido mucho sobre bebés, pero lo que sí había sabido era que los bebés de esa edad sólo causaban problemas.

—Pero es muy bueno —había dicho Natasha.

Quizá había sido desafortunado que Sam hubiera elegido aquel momento para despertarse. Con sólo haber mirado una vez a Raffaele había comenzado a llorar desconsoladamente.

—Ya me doy cuenta —había dicho Raffaele al haber hecho el niño una pausa.

—Oh, simplemente es que está cansado —había murmurado ella, acunando al pequeño—. Y también tiene hambre. Mañana estará bien.

Raffaele se había dado cuenta de que ella asumía que al día siguiente todavía iban a estar por allí, pero había preferido no decir nada.

—¿Por qué se encuentra en esta situación? ¿Dónde han estado viviendo?

—He estado trabajando en una casa... pero me empezaron a exigir que hiciera cada vez más cosas y apenas tenía un minuto con Sam. Y la casa estaba húmeda... él acaba de tener un resfriado, y estoy aterrorizada de que vaya a volver a ponerse enfermo. No es el lugar en el que yo quiero criar a un niño.

—¿Y qué pasa con el padre? —había preguntado Raffaele, frunciendo el ceño—. ¿Aparecerá él por aquí queriendo pasar la noche contigo?

—No le vemos —había dicho Natasha de modo tajante.

—¿No habrá ninguna escena? ¿Alguien llamando a la puerta enfurecido a medianoche?

—De ninguna manera —había contestado ella, agitando la cabeza.

—¿Dónde va a dormir él? —había preguntando Raffaele, mirando al pequeño y frunciendo el ceño.

Al haber dicho él aquello, Natasha había sabido que tenía una oportunidad. Su hijo y ella se habían merecido quedarse allí.

El pequeñín había pasado la primera noche bajo el

techo de aquella casa en la misma cama que su madre, y cuando, a la mañana siguiente, Raffaele había visto a Natasha ojeando la sección de segunda mano del periódico, había ignorado todas las objeciones de ella de comprar una cama de madera con aspecto de barco de piratas.

Y allí habían estado madre e hijo desde entonces.

Era algo conveniente para ambas partes. Raffaele sabía que era mejor que su gran casa estuviera ocupada... teniendo en cuenta que él viajaba tanto, no sólo a los Estados Unidos, sino también por Europa, ya que el imperio Feretti se extendía por el mundo. En una ocasión Natasha se había atrevido a preguntarle por qué se molestaba en mantener una casa en Inglaterra cuando quizá un hotel habría sido más conveniente.

—Porque los odio —le había contestado él con una sorprendente vehemencia.

Cuando había sido pequeño, había estado en muchos de ellos tras la muerte de su padre. Su madre había recorrido muchas partes decidida a encontrar un nuevo marido rico.

—Los hoteles no tienen alma. ¡Los muebles son usados por miles de personas y las almohadas han sido utilizadas por tanta gente antes de que las uses tú! Y sobre los colchones incontables parejas han hecho el amor. Por lo menos, cuando tú compras tus propias cosas y las pones en algún lugar, puedes convertir cualquier casa en un hogar.

Si ella no se hubiese quedado tan avergonzada al haber dicho él aquello sobre hacer el amor, quizá le hubiese dicho que no estaba de acuerdo con él, que un hogar se basaba en más cosas que no fueran los muebles y las pertenencias. Tenía que ver con convertirlo en el lugar al que uno quisiera regresar al final del día. Pero claro, se había preguntado quién era ella para estar en desacuerdo con él, que era la única persona que les había dado a Sam y a ella el único hogar verdadero que habían conocido.

Cuando Sam había alcanzado la edad suficiente, Raffaele había insistido en matricularlo en la guardería de un colegio internacional privado que estaba cerca de la casa.

–¿Por qué no? –había preguntado con bastante arrogancia ante la negativa de ella.

–Es demasiado caro –había contestado Natasha a la defensiva–. No me lo puedo permitir.

–Ya lo sé –había dicho él, dulcificando la voz–. No esperaba que pagaras tú. Yo lo haré.

–No podría aceptarlo –había dicho ella, sintiéndose como si hubiera tenido que negarse... aunque su corazón maternal le dio un vuelco al pensar que su hijo gozara de una ventaja como aquélla en la vida.

–Puedes hacerlo y lo harás. Tiene sentido; todos los demás colegios están demasiado lejos y tardarías mucho en llevarlo, con lo cual me robarías tiempo a mí. Escucha, Natasha, ¿por qué no lo miras como una de las ventajas de tu trabajo... en vez de que te compre un coche, ya que te has negado a conducir en Londres?

Mirándolo de aquella manera, Natasha había pensado que podía aceptar el ofrecimiento de él. Nunca olvidaría la alegría que había sentido al haber oído a Sam decir sus primeras palabras en francés y en italiano. Raffaele había tomado la costumbre de hablar al niño en su idioma nativo, y a Natasha le había encantado ver los progresos de su hijo... pero de alguna manera se había sentido apartada. Había sido suficiente como para que ella hubiese comenzado a recibir clases de italiano, aunque no había dicho nada... por si había parecido que *esperaba* algo.

Pero no todo había sido un camino de flores, desde luego. En una ocasión, Sam se había caído en el peldaño del jardín trasero y se había hecho un enorme chichón en la frente. Natasha lo había llevado apresuradamente a emergencias y, aunque Raffaele había estado en el campo en aquel momento, había escuchado tristemente por teléfono cómo ella le contaba que un trabajador social había ido a la casa al día siguiente para comprobar que todo estaba bien.

—Bueno... ¡deberías haber estado pendiente de él! —había explotado.

Aquello había sido injusto, pero Natasha había estado demasiado carcomida por la culpa como para explicarle que sólo se había dado la vuelta durante unos segundos.

En otra ocasión, Sam hubo encontrado el bolso de una de las novias de Raffaele y hubo decidido caracterizarse de su personaje favorito, Corky el Payaso.

—¡Pero ésa es mi mejor barra de labios! —había gritado la novia.

—Te compraré otra —había dicho Raffaele, riéndose.

—¡No las puedes comprar aquí... sólo se venden en América! —había espetado la mujer—. ¡Vaya mocoso más horrible!

En aquel momento, Raffaele la había mirado y había sabido que el estupendo sexo que ella le ofrecía no merecía la pena si tenía que mirar a la cara de una rencorosa mujer que había hecho llorar a un niño pequeño.

–Te compraré un billete de avión de ida para que vayas tú misma a comprártela.

La novia de Raffaele había salido corriendo de la casa, y éste le había pedido a Natasha que la próxima vez mantuviera a su retoño bajo control. Pero ese mismo fin de semana había comprado para Sam un enorme y esponjoso payaso de peluche como una muestra de agradecimiento por haberle hecho un favor que ni siquiera se había percatado de que había necesitado.

Nunca preguntaba sobre el padre de Sam... no era asunto suyo y tampoco quería involucrarse en el desagradable ambiente que rodeaba la ruptura de una pareja.

Además de que nunca pensaba en Natasha de esa manera. Ella era la madre de Sam y su ama de llaves y aquella situación parecía que les venía muy bien a todos...

–*Dio!* –maldijo. Se preguntó qué demonios estaba haciendo pensando en el pasado cuando en aquel momento tenía el mayor problema de su vida entre sus manos–. ¿Qué demonios voy a hacer con Elisabetta, Natasha? –exigió saber.

–Estás haciendo todo lo que puedes –le tranquilizó ella–. Seguro que tu hermana está en la mejor clínica posible. Puedes darle tu apoyo yéndola a visitar...

–No tiene permitidas visitas durante las primeras cuatro semanas –dijo él–. Es una de las normas.

–Bueno, entonces puedes protegerla –dijo ella con el brillo reflejado en los ojos–. Eres bueno en eso.

Pero él apenas estaba escuchando lo que le estaba diciendo ella ya que el estridente timbre de la puerta le sobresaltó.

Se levantó para contestar, comprobando antes de hacerlo por la mirilla de la puerta que no fuera la temida prensa. Pero era Troy y, cuando abrió la puerta y el abogado entró, la nefasta expresión de la cara de éste confirmó los peores miedos de Raffaele.

–¿Qué pasa? –exigió saber–. ¿Qué ha ocurrido?

–La prensa se ha hecho eco de la historia –contestó Troy–. Han descubierto dónde está Elisabetta.

Capítulo 3

ESTÁS seguro... completamente seguro? –exigió saber Raffaele, sintiendo cómo una agobiante furia le recorría el cuerpo.

–Me temo que sí. Me acaba de telefonear uno de nuestros hombres. La prensa está a las puertas de la clínica en este momento –dijo el abogado.

Raffaele maldijo en el dialecto siciliano que había aprendido durante un largo y caluroso verano que había pasado en la isla. Pero se dio cuenta de que su cólera no ayudaría resolver el problema y él sabía que cada problema tenía una solución. Él mismo lo había demostrado a lo largo de los años.

–Pasa a mi despacho –le dijo a Troy, mirando a Natasha a continuación–. ¿Podrías llevarle un café a Troy, Natasha? ¿Has comido, Troy? Estoy seguro de que Natasha te puede preparar algo si quieres.

–No, un café estará bien –dijo Troy–. Y quizá una de esas cosas de galleta, si todavía os quedan.

–Sí, desde luego –dijo Natasha, asintiendo con la cabeza y sonriendo.

Mientras se marchaba a la cocina se dijo a sí misma que era normal que Raffaele la despidiera de aquella manera... ya que lo que estaba pasando con Elisabetta *no tenía absolutamente nada que ver con ella*.

Ella era la empleada de Raffaele, no su confidente... sin importar lo mucho que le gustaría serlo. Y ése era uno de los inconvenientes de la extraña posición que ocupaba ella en su vida... era parte de ella pero, en realidad, no tenía nada que ver con su desarrollo.

Una vez Natasha se hubo marchado, los dos hombres se dirigieron al despacho de él, donde se sentaron en el escritorio.

—¿Podemos acallarlos? —quiso saber Raffaele.

—Sólo por el momento. El *London News* está amenazando con publicar una columna sobre ella en su sección de cotilleo esta noche.

—¡Entonces solicita una orden judicial en contra!

—Ya lo he hecho —dijo Troy—. Pero el problema es que no están rompiendo ninguna regla de privacidad. Es sólo un artículo con algunas antiguas fotografías sobre «la heredera amante de las fiestas» Elisabetta de Feretti.

—¡Esto es intolerable! —espetó Raffaele—. ¿A nadie le importa su bienestar?

—No si van a vender más periódicos.

Raffaele agitó la cabeza, sintiendo cómo su frustración se acentuaba por la preocupación. Se preguntó si le había fallado a su hermana, si había estado demasiado inmerso en el mundo de los negocios como para darse cuenta de que el mundo de Elisabetta se desintegraba a su alrededor.

—¿Cómo demonios lo han descubierto? ¿No me aseguraron en la clínica que el anonimato de mi hermana estaba asegurado? ¿Sabemos quién ha contado la historia?

—Lo sabemos. Me temo que es un miembro del personal del hospital —dijo Troy.

–*Madonna mia!* –espetó Raffaele–. ¿Sabes lo que tenemos que hacer, Troy? Debemos encontrar al Judas que traicionó a mi hermana. Y, por mucho que me gustaría infligirle un castigo siciliano que nunca olvidaría, le daremos lo que se merece formalmente. ¡Y nos aseguraremos de que él, o ella, nunca más vuelva a trabajar en una posición de confianza o autoridad!

–Tú puedes hacerlo –dijo Troy–. Pero sería una pérdida de tiempo y de recursos...

–¿Estás queriendo decir que este tipo de comportamiento no debería castigarse? –exigió saber Raffaele con mucha frialdad–. ¿Es eso lo que me recomiendas que haga?

El abogado levantó las manos en un gesto que quería decir que no lo pagara con el mensajero.

–Claro que me doy cuenta de que llevar a cabo tal amenaza te daría satisfacción... pero sería un logro pasajero y no te permitiría conseguir tu verdadero propósito de asegurarte de que Elisabetta reciba el tratamiento que necesita sin que nada complique aún más las cosas para ella.

Raffaele guardó silencio durante un rato mientras digería lo que le había dicho el otro hombre. Admiraba a Troy desde que lo había conocido en el último año de la carrera internacional de Derecho que ambos habían estado concluyendo. Había descubierto que Troy era una de esas personas raras... un inglés que hablaba varios idiomas. Y, como a Troy también lo encontraban atractivo las mujeres de París, no había habido ningún tipo de rivalidad entre ambos.

Troy poseía la valiosa imparcialidad que era tan característica de su nacionalidad, y la combinación de todas aquellas cosas le habían hecho ser la elección perfecta para ser el abogado personal del poderoso Raffaele de Feretti. No había muchos hombres a los que Raffaele escuchara... y aquél era uno de los afortunados.

—*Si*, Troy, *mio amico*... tienes razón, desde luego —dijo Raffaele, sintiendo que de alguna manera le había fallado a su hermana—. Así que... ¿qué hacemos?

—Vamos a captar la atención de la prensa con otra cosa, dándoles una historia aún mejor.

—¿Y cómo propones que lo hagamos? —quiso saber Raffaele, riéndose escépticamente.

—Elisabetta es de interés periodístico porque es joven, guapa, muy rica y porque, de vez en cuando, tiene problemas... pero en última instancia es famosa por ser tu hermana.

—Creo que exageras el interés que tienen en mí —objetó Raffaele... ya que él no había tratado nunca de darse publicidad.

—Es cierto que dado tu poder y tu dinero todo lo que se pueda haber escrito sobre el asunto ya ha sido escrito. Pero no te olvides, Raffaele, de que hay un aspecto de tu vida que siempre ha sido muy fascinante para la prensa desde que dejaste la pubertad.

—Sé un poco más *concreto*, Troy —le ordenó a su abogado, frunciendo el ceño.

—¡Han estado tratando de casarte durante años!

—¿Y...?

—Así que la única historia que alejaría la atención de Elisabetta sería si tú por fin lo hicieras.

—¿Hacer qué, exactamente?

–Que encontraras una mujer para ser tu esposa –dijo Troy.

Justo en ese momento llamaron a la puerta del despacho, que comenzó a abrirse.

–¡Quizá sea el momento de que te cases, Raffaele!

Natasha entró en el despacho justo a tiempo para oír aquello y, por un momento, pensó que se le iba a caer la bandeja. Sintió cómo se quedaba pálida y cómo se le debilitaban las rodillas...

–¿Natasha? –dijo Raffaele, frunciendo el ceño–. ¿Estás enferma?

–Yo...

–Pon la maldita bandeja en el escritorio –ordenó lacónicamente, levantándose de la silla y tomándola él mismo. La dejó sobre el escritorio y tomó a Natasha por el brazo–. ¿Qué demonios te ocurre?

Pero Natasha, respirando profundamente, se había recuperado rápidamente y apartó su brazo, diciéndose a sí misma que tuviera cuidado de no dejarse en ridículo.

Raffaele había sido muy decente y justo con ella a lo largo de los años, así como también había hecho más por Sam de lo que razonablemente se esperaría que hiciera un jefe. No iba a arruinarlo todo mostrando su angustia ante algo que, después de todo, era una noticia esperada. Se dijo a sí misma que no podía esperar que un hombre como Raffaele permaneciera soltero durante el resto de su vida para así poder ella mantener sus pequeñas fantasías sobre él.

–¿Te vas a casar? –exclamó alegremente, forzándose a proseguir con la farsa–. ¡Felicidades!

–¡Así que es así como empieza el cotilleo! –objetó él malhumoradamente–. Algo que se ha oído mal y entonces, antes de darte cuenta, estás tratando con el hecho en sí... sólo que no es un hecho para nada. ¡Sólo una loca conjetura!

—¿Quieres decir que *no* te vas a casar? —preguntó Natasha con cautela, incapaz de controlar el vuelco que le dio el corazón.

—¡Desde luego que no me voy a casar! —replicó él.

—Estoy tratando de convencerlo de que se case —dijo Troy.

—Oh —fue todo lo que fue capaz de decir Natasha, que se forzó a esbozar una sonrisa, odiando, solamente *odiando*, al abogado de Raffaele en aquel momento.

Carraspeó mientras comenzaba a servirles café.

—¿No es el matrimonio una institución honorable a la cual no se supone que se deba entrar a la ligera? —continuó ella—. ¿Quién es la afortunada?

—No estoy hablando de un matrimonio verdadero —dijo Troy—. Me refiero a uno falso, fingido.

—¿Uno fingido? —dijeron Raffaele y Natasha al unísono.

—No tienes que hacerlo en realidad, simplemente tienes que fingir que lo haces. Ya sabes, compras un enorme anillo de compromiso y entonces posas para las fotografías de las revistas con tu novia, la cual concederá varias entrevistas a la prensa informándoles de dónde será la boda y de dónde se comprará el vestido de novia. Les encantan ese tipo de cosas.

—Parece que estás muy bien informado —señaló Raffaele, levantando sus oscuras cejas de manera burlona.

—Lo intento —dijo Troy modestamente.

—E incluso si yo fuera a hacer algo tan estrambótico, ¿no se te olvida algo?

–¿El qué?

–Que no hay ninguna candidata –dijo Raffaele con la frialdad reflejada en los ojos.

Natasha se preguntó si él oyó su suspiro de alivio y si fue por eso que miró hacia ella...

–¿No me habías dicho que tenías que preparar una tarta?

Natasha parpadeó.

–Hum... sí.

–Bueno, pues ve a hacerla, *cara* –dijo él suavemente.

–Está bien –a regañadientes, Natasha se dirigió hacia la puerta.

Ambos hombres continuaron con su conversación como si ella fuese invisible.

–Simplemente necesitas a alguien que esté preparada para hacerlo –estaba diciendo Troy.

–¿Como quién? Oh, entiendo lo que dices. Es una buena idea, Troy... pero hay un problema, y es la pesadilla que eso representaría. La mayoría de las mujeres que conozco estarían muy contentas de hacerlo... el problema sería cómo quitármelas de encima después.

–Ésa es la razón por la que elegiremos a alguien que no vaya a tratar de quedarse contigo después –dijo Troy, riéndose.

–De nuevo te pregunto... ¿quién?

Aunque el asunto le parecía muy fascinante, Natasha sabía que no podía justificar su presencia en el despacho durante más tiempo. Estaba a punto se salir cuando vio un pequeño ladrillo de plástico amarillo bajo una silla.

No comprendía cómo había podido llegar allí, teniendo en cuenta que Sam tenía la entrada prohibida al despacho de Raffaele, ya que ella tenía mucho cuidado de que la casa no estuviera llena de juguetes del niño. Su jefe había sido muy bueno con su hijo, pero ella no quería que cada vez que llegara a casa tuviera que estar tropezándose con soldaditos de juguete.

Al agacharse a por el ladrillo emitió una pequeña exclamación, llamando la atención de Raffaele... que se quedó mirando la figura de su ama de llaves.

Nadie podía acusar a Natasha de ser vanidosa; de hecho, la ropa que llevaba para trabajar no era la más favorecedora para una mujer. Raffaele no sabía si era el efecto de tener los nervios a flor de piel o de que había pasado mucho tiempo desde que alguien había pasado por su cama. O quizá era algo tan simple como que la había mirado en el preciso momento en el que la tela de su vestido le estaba marcando el trasero. Tragó saliva, pensando que ella tenía unas nalgas muy atractivas...

Frunció el ceño y se percató de que Troy estaba mirando lo mismo que él.

–Oh, sí –dijo Troy suavemente–. *Sí*. Es *perfecto*.

Raffaele se preguntó por qué estaría mirando a su abogado con desagrado, deseando decirle que no se *atreviera* a mirar a Natasha... que ella merecía su respeto y no su mirada depredadora.

Al enderezarse ella con el trozo de plástico amarillo en la mano, Raffaele se preguntó cómo no se había dado cuenta antes del sensual y firme trasero que tenía su empleada...

–¡No hubieras querido pisarlo estando descalzo! –dijo ella triunfalmente antes de marcharse.

Raffaele se percató entonces de que Troy le estaba

mirando como si hubiese encontrado la llave del universo.

—Bueno... ¿qué te parece, Raffaele? ¿No es ésta la respuesta a nuestro aprieto? ¿No estaría bien *Natasha* para la farsa?

Capítulo 4

N O! –espetó Raffaele–. ¡Natasha no estaría bien! ¡Ella es mi ama de llaves, por el amor de *Dio*!

Fuera del despacho, al oír su nombre, Natasha se detuvo en seco y no supo si quedarse allí o marcharse. Se preguntó si debía escuchar de qué hablaban... Pero si estaban hablando de ella... seguro que tenía derecho a hacerlo.

Sintiendo cómo le daba vuelcos el corazón, acercó el oído a la puerta. Ambos hombres estaban hablando en voz baja, pero pudo oír palabras como «inapropiada» o «inadecuada». Entonces se dijo algo que provocó el enfado de Raffaele...

–¡Nadie se lo creería!

–¿Por qué no se lo preguntamos a ella? –fue la respuesta de Troy.

Entonces, al oír cómo una silla se movía, Natasha se apresuró a marcharse a la cocina, donde se dio cuenta de que tenía que darse prisa si quería tener la tarta terminada antes de ir a buscar a Sam.

Puso la radio y cambió de idea sobre la tarta que iba a preparar, decidiendo hacer magdalenas.

A pesar del delantal que se había puesto, se había manchado el vestido... y tenía que salir enseguida. Corrió a la planta de arriba y se cambió de ropa, poniéndose algo más calentito ya que las tardes otoñales estaban comenzando a hacerse muy frías.

Se puso un jersey azul cielo y unos pantalones vaqueros gastados. Entonces se cepilló el pelo y se hizo una trenza. Miró el brillo de labios que había comprado en la farmacia en verano ya que había estado en oferta. Sólo lo había utilizado un par de veces y, como no había parecido su estilo, no lo había vuelto a utilizar.

Se preguntó por qué lo estaba agarrando... si no sería por la manera en la que los dos hombres la habían mirado en el despacho... pero abrió el brillo de labios y se lo puso. Quizá el que hubiese estado reacia a arreglarse había sido por el hecho de que sabía que no podía competir con las demás madres, que llegaban al colegio elegantemente vestidas. Quizá era por eso por lo que siempre la confundían con una de las niñeras... aunque tenía que admitir que la mayoría de ellas se arreglaban más que ella.

Al salir a la calle, se vio invadida por la sensación de nostalgia que el otoño evoca; acababa el verano y comenzaba el invierno... y Sam pronto comenzaría a asistir al colegio a tiempo completo. Durante ninguna otra estación del año se percataba tanto del paso del tiempo como en otoño, cuando las hojas caían, bailando lentamente hacia el suelo.

Al llegar al colegio observó cómo los niños comenzaron a salir del centro, vestidos con sus uniformes, que eran de estilo antiguo. Sam estaba muy integrado, pero Natasha se preguntaba durante cuánto tiempo podría permitir que las cosas continuaran de aquella manera ya que su hijo se estaba acostumbrando cada vez más al lujoso estilo de vida que Raffaele se podía permitir ofrecerles...

–*Maman!* –gritó Sam al acercarse a ella corriendo, seguido de su amigo–. ¡Te has pintado los labios!

–Hola, cariño... ¿hoy habéis dado francés?

–¡Te has pintado los labios! –repitió su hijo.

–Sí... ¿te gusta? –dijo ella, sonriendo entonces al amiguito de su hijo–. Hola, Serge. ¿Cómo estás?

–*Très bien, merci!* –contestó Serge con la solemne confianza aprendida de su padre, diplomático francés.

–Bueno, eso está bien –dijo ella, comenzando a andar de regreso a casa con los pequeños–. ¡He hecho tartas de monstruo!

–¿Tartas de monstruo? –preguntó Serge, frunciendo el ceño–. ¿Pero qué son tartas de monstruos?

–¡Significa que te conviertes en un monstruo si te las comes! –gritó Sam–. ¿Estará Raffaele en casa?

–Probablemente él esté ocupado, cariño... ya veremos.

–¡Oh!

Los niños jugaron a un juego de castañas en el jardín de la casa antes de entrar a tomar el té. Como era viernes, no tenían deberes, así que Natasha les permitió jugar a un complicado juego de barcos acorazados. Se estaba preguntando si Raffaele querría que le preparara el té cuando casi se chocó con él.

–Justo a quien quería ver –dijo él en tono grave.

Ella se preguntó por qué estaba él mirándole de aquella manera, esbozando una expresión que nunca antes había visto reflejada en su cara. Tenía sus oscuros ojos brillantes y frunció el ceño al mirarla de arriba abajo, como si estuviera examinándola...

Natasha sintió lo acelerado que tenía el pulso; era como si algo se hubiese despertado dentro de ella.

Alarmada, sintió cómo se le endurecían los pezones y cómo se ruborizaba.

–Bueno, aquí estoy –dijo.

Pero él no estaba escuchando. Estaba impresionado por la manera en la que ella se había ruborizado, ya que sus mejillas estaban teñidas de un color rosa inusitado... como las rosas salvajes de verano. Y por la manera... por la manera... ¡se dijo a sí mismo que aquello no podía estar pasando!

Irresistiblemente se encontró mirando la seductora curva de los pechos de ella y comenzó a preguntarse si era por lo que había ocurrido en el despacho. Se había dado cuenta de repente de que bajo la eficiencia de Natasha se escondía una mujer. Una mujer de carne y hueso. Deseaba agarrarla por el trasero y acercarla a él.

–¿Hay más noticias sobre Elisabetta?

Aquella pregunta fue como un vaso de agua fría sobre sus sentidos, y descubrió que había sido culpable de haber tenido algunos pensamientos *muy* impuros... y eso no estaba incluido en su agenda. Pero Elisabetta era la razón por la que él estaba a punto de hacer todo aquello... la única razón.

–No –contestó, mirándole la boca y pensando que también había algo diferente en ella.

Le pareció que tenía los labios brillantes y rosas... pero no sabía si era producto de su imaginación. Frunció el ceño, preguntándose si había perdido el juicio al decidir llevar acabo aquella farsa. Pero si había una cosa a la que no podía controlar era a la prensa.

–¿Está Sam en casa?

–Está en la planta de abajo con Serge. Tiene una nueva castaña que quiere enseñarte.

Durante un momento, la tensión de la cara de Raffaele disminuyó y sonrió levemente, dulcificando su expresión.

—Bajaré para verla —dijo él, levantando las cejas—. ¿Y más tarde... va a estar en casa?

—No, va a dormir a casa de Serge... le toca a él esta semana. ¿Hay algún problema?

—En realidad, no —dijo Raffaele—. Sugiero que tú y yo cenemos juntos.

Natasha se encogió de hombros. No era como si nadie supiera que comían juntos. Ella no salía mucho... y desde luego que no lo hacía cuando Raffaele estaba en Londres. Sentía que el estar en casa formaba parte del magnífico acuerdo al que había llegado él con ella... ella hacía que la casa fuera cálida y agradable cuando él estaba allí.

Quería preguntarle qué tenía en la cabeza, pero los ojos de él reflejaban tal expresión de censura que ella ni siquiera se atrevió a preguntar. A pesar de la familiaridad con la que vivían sus vidas, a veces Raffaele hacía valer sus privilegios... y lo estaba haciendo en aquel momento. Aquello no era una sugerencia de que podían cenar juntos, era una orden, y a ella se le aceleró el pulso.

—Claro, ¿quieres que prepare algo especial?

—No, eso no será necesario. Yo cocinaré.

¿Raffaele? ¿Cocinando?

—Es... está bien.

Natasha se puso aún más nerviosa cuando la glamurosa niñera de Serge fue a por los niños.

—¿Está en casa... el signor de Feretti? —preguntó la chica.

—Está... por alguna parte. Me parece que está bastante ocupado... a no ser que sea algo importante.

–Quiero ir a Italia el año que viene para ser niñera allí... y pensé que quizá él me pudiese decir algunas cosas.

–El *signor* de Feretti está muy ocupado –dijo Natasha más resueltamente de lo que había pretendido–. Quizá deberías ponerte en contacto con alguna de las agencias. Estoy segura de que te dirán todo lo que necesitas.

Una vez la niñera y los dos pequeños se hubieron marchado, parecía que en la casa había más eco que nunca. Oyó los sonidos de los cacharros que estaba utilizando Raffaele en la cocina y el teléfono sonar. Él le gritó que dejara que saltara el contestador automático, pero entonces fue su teléfono móvil el que comenzó a sonar. Debió de haber contestado, ya que ella oyó el sonido de su voz.

Se sintió extraña, como si no estuviera segura de su lugar, como si algo hubiese cambiado pero nadie se hubiese molestado en decírselo.

Despacio, se dirigió a la cocina, donde Raffaele estaba dándole vueltas al contenido de una cazuela. Estaba vestido con pantalones vaqueros y una camisa blanca.

Al oírla entrar, él se dio la vuelta. Natasha se dio cuenta de que tenía dos botones de la camisa desabrochados y pudo ver el vello oscuro que cubría parte del torso de su jefe. Todavía tenía el pelo húmedo, como si se hubiera duchado hacía poco. Estaba descalzo. Ella sintió de repente una agobiante sensación de deseo y debilidad.

–¿Tienes hambre? –preguntó él.

Natasha negó con la cabeza, queriendo preguntarle qué estaba pasando, por qué la estaba hablando y tratando de tal manera que, a ella, él le parecía un extraño.

—Todavía no. Me gustaría beber algo, por favor.

—¿Quieres decir una bebida... *bebida*? —quiso saber él, frunciendo el ceño.

Natasha miró a la botella de vino tinto que había abierta.

—Si no hay ningún problema.

—Claro, es sólo que tú normalmente no...

—¿Bebo? No, no lo hago —dijo ella.

Pero ya había tenido suficiente de aquello; si él la iba a echar, por qué no simplemente se lo decía claramente en vez de crear una situación tan incómoda, situación que le hacía sentir a ella perdida e indefensa.

—*Tú* tampoco te comportas de esta manera normalmente.

—¿De qué manera? —exigió saber él.

—Oh, Raffaele... ¡no lo sé!

Él se quedó mirándola y le sirvió un vaso de vino, apagando el fuego. Entonces bebió un gran trago de su bebida y se sentó en el borde de la gran mesa de la cocina, mirándola fijamente.

—¿Sabes de lo que estábamos hablando antes Troy y yo?

—Hablasteis bastante. Y entonces yo me marché —dijo ella, lanzándole una clara indirecta.

—Tengo que pedirte un favor, Natasha —dijo él, que no sabía cómo plantear aquello.

—Dime.

—Has oído que el teléfono estaba sonando, *¿sí?* Eran las editoriales de dos periódicos, preguntando por Elisabetta... querían saber más detalles. Por ahora, mi negativa a contarles nada parece haber funcionado, pero no se darán por vencidos... ya lo he visto ocurrir antes. Me he pasado toda la tarde pensando en qué sería lo mejor que pudiera hacer. Pensé en trasladar a mi hermana a los Estados Unidos, o llevarla de regreso a Italia... pero el viaje hasta América es demasiado largo para ella en este momento y, como ya sabes, el peor lugar del mundo para ella ahora mismo es Italia... y ese hombre.

Raffaele dejó de hablar y analizó la ropa de ella... unos pantalones vaqueros muy mediocres y un jersey muy ordinario. Pensó en todo lo que le había dicho Troy y estuvo de acuerdo con ciertas cosas. En realidad no tenía otra alternativa ya que ninguna otra mujer lo conocía como Natasha y ninguna otra mujer estaría preparada para aceptar sus condiciones.

Se preguntó si ella lo haría y, aún más importante, si alguien se creería que él, Raffaele de Feretti, tendría una relación con alguien como Natasha Phillips. Pero estaba decidido...

—Quiero que te comprometas conmigo, Natasha —dijo despacio.

Durante un momento, la mente de ella le gastó malas pasadas al despertársele miles de fantasías latentes. Sueños que ella había tratado desesperadamente no tener estaban cobrando vida... sueños sobre un hombre que había parecido inalcanzable para ella.

Aunque había ocasiones, cuando anochecía, en las cuales se permitía pensar en la brillante piel aceitunada de él y en sus ojos negros, que parecían dos joyas, así como en su musculoso cuerpo. Incluso se permitía imaginarse cómo se sentiría si él la abrazara o si la besara con aquella magnífica boca que tenía. Pero entonces se despertaba sintiéndose vacía al darse cuenta de lo tonta que había sido al fantasear con aquello.

Pero Raffaele le estaba pidiendo... ¿que se casara con él?

—¿Quieres casarte conmigo? —preguntó entrecortadamente.

—No, quiero que nos comprometamos.

—¿Por qué? —quiso saber ella, que estaba como atontada.

—Porque desviará la atención de los medios de la historia de mi hermana.

De alguna manera, Natasha fue capaz de disimular el dolor que la invadió... el estúpido dolor que le permitiría a él darse cuenta de las locas fantasía que había estado albergando ella.

—¿No crees que parecería un montaje y que cualquier director de revista se daría cuenta?

—Lo que piensan y lo que publican son dos cosas distintas... y nadie será lo suficientemente tonto como para decir que el compromiso es sólo...

—¿Un ardid publicitario? —dijo ella.

—Un ejercicio para evitar un mal mayor —corrigió él.

Hubo una gran pausa mientras Natasha pensaba en cuáles podían ser las consecuencias, pero no podía pensar con claridad.

—¿Y exactamente cuándo propones que nos «comprometamos»? —preguntó por fin.

—Podemos ir a comprar un anillo en cuanto quieras —dijo él.

Pero entonces vio cómo ella se mordía el labio inferior.

—Puedo comprender tus reservas...

–¿De verdad? –dijo ella, emitiendo una pequeña risita.

–Desde luego que puedo. Parece un poco *teatral*, pero debemos hacer que parezca tan verdadero como sea posible.

Natasha mantuvo la expresión de su cara inmutable; no iba a permitir que él viera lo decepcionada que se sentía.

–Pero no es verdadero, ¿no es así? –dijo casi alegremente–. Nada de ello lo es.

Raffaele se rió, sintiendo cómo parte de la tensión que se había apoderado de él desaparecía al darse cuenta de que ella estaba bromeando.

–¡No, claro que no! No te preocupes, Natasha. Si quieres, puede llegar a ser el compromiso más corto de la historia. Lo que quiero es que dure el suficiente tiempo como para desviar la atención de Elisabetta. Incluso te puedes quedar con el anillo cuando acabe todo... o si prefieres puedes venderlo.

–Eso no será necesario –dijo ella con la voz ahogada–. No estoy pidiendo que me pagues nada.

Raffaele se dio cuenta de que se había equivocado al haber dicho aquello.

–No quería decir eso. De verdad. Lo siento –se disculpó, mirándola.

Esperó alguna respuesta de ella, pero como no llegó, suavizó su tono de voz en la manera en la que sólo se atrevía a hacer con ella... ya que Natasha era lo suficientemente sensata como para no ver en ello nada más que preocupación fraternal.

–Tú eres la única mujer que conozco que no leerá más cosas en ello. Si lo piensas, tiene mucho sentido... ya que nos conocemos el uno al otro tan bien.

Natasha lo miró, pensando que él no se daba cuenta. En realidad, no se conocían. Si él hubiese conocido al menos un poquito de ella, hubiese sabido que para ella había sido un insulto la sugerencia que había hecho él de que se quedase el anillo o que lo vendiera. Como si ese anillo fuese a suponer otra cosa que no fuera un burlón recordatorio de lo que podía haber sido pero que jamás sería.

–¿No será que tienes algún amigo? –sugirió él suavemente–. ¿Alguien que se oponga por la relación que guardes con él?

Mientras negaba con la cabeza como respuesta a la pregunta de él, Natasha sintió aún más dolor. Y, extrañamente, aquella sugerencia le dolió más que nada de lo que le había dicho antes. Le dolió enormemente que él pudiera pensar que ella estaba saliendo con alguien... ¡y que no le importara para nada!

Quizá aquello era lo que había necesitado para despertar, lo que por fin haría desvanecer todos sus nostálgicos deseos y le permitiría seguir adelante con su vida. Quizá podría comenzar a pensar en ella misma... incluso se podría permitir pensar que algún día quizá conociese a un hombre que le importara tanto como para plantearse pasar el resto de su vida con él. Era cierto que no sería Raffaele de Feretti... pero si lo comparaba con otros hombres iba a terminar siendo una mujer solitaria y amargada.

–¿Qué implica exactamente este llamado «compromiso»? –preguntó.

–Obviamente lo haremos público... y entonces nos dejaremos ver juntos en varias ocasiones. Nada demasiado ostentoso –añadió, sonriendo.

Ella pensó que él era un privilegiado... y no sólo en

el aspecto material. Era un hombre que con sólo chascar sus dedos tenía lo que quería.

–¿Y qué pasa con Sam? –preguntó, sintiendo cómo le daba un vuelco el corazón.

–¿Qué pasa con él?

–Le va a causar confusión –dijo Natasha.

Ninguno de los dos habló durante un momento.

–¿Se dará cuenta siquiera de la situación un niño de cinco años? –preguntó él–. Es algo que no va a crear ninguna diferencia en casa. Nada va a cambiar para Sam, ¿no es así? Si quieres, le podemos explicar que Elisabetta está enferma y que el que nosotros seamos una pareja es para ayudarla... siempre y cuando él no se lo diga a nadie. O simplemente podemos responder a sus preguntas cuando las haga. Todo lo que Sam tiene que saber es que después vamos a seguir siendo amigos.

Natasha se quedó mirando a los incomprensibles ojos de él, pensando que en realidad no eran amigos. Pero él tampoco se daba cuenta de eso. Así como no tenía ni idea de cómo el pequeñín lo adoraba y desearía más que nada que el compromiso fuese verdadero. En aquel momento se dio cuenta de que tenía que salir de aquella casa y de la vida de aquel hombre. Se dijo a sí misma que tenía que hacerlo pronto y quizá aquella farsa ayudaría a hacerlo más fácil...

–¿Quieres tiempo para pensar sobre ello? –preguntó Raffaele, frunciendo el ceño.

–No, ya me he decidido. Lo haré –dijo ella.

Raffaele sonrió y levantó su vaso para brindar con ella.

–*Stupendo!* –dijo suavemente.

Vio cómo le temblaban a ella los labios y se preguntó cómo sería besarlos, como sería sellar su «compromiso» de una manera más tradicional. Le sorprendió el interés que se había despertado en él, pero aquello era un juego, una farsa. Nada más.

–Vas a tener que hacer algo con respecto a tu ropa, claro está –dijo repentinamente.

–¿Qué quieres decir? –quiso saber ella, que casi se ahogó con el vino.

–Bueno, obviamente a la prensa le va a encantar la historia del hombre rico y la mujer pobre... el hecho de que trabajes para mí... pero si pareces demasiado... demasiado...

–¿Demasiado qué, Raffaele?

–Todos conocen mis gustos en cuanto a mujeres –dijo él claramente–. Y, por el momento, tú no cumples con ninguno de los requisitos.

Hubo una pausa, como si él estuviera permitiendo que la dolorosa implicación de sus palabras fuera asimilada.

–Tendrás que vestirte con ropa bonita –continuó él–. Mañana irás a comprarte ropa para llenar un armario. Yo lo pagaré, compra lo que te guste –añadió. Pero simplemente con pensar en las curvas de aquella mujer estaba excitándose y su sexo se endureció... y aquello no era parte del acuerdo–. Y, ya que estás en ello, quizá también deberías hacer algo con tu pelo.

Durante un momento, Natasha estuvo tentada de decirle lo que podía hacer con su falso compromiso y lo insultante que había sido... para a continuación marcharse de allí. Pero no lo hizo. En realidad, no podía hacer otra cosa que no fuera ayudar a Raffaele de la misma manera en que él había hecho aquella tormentosa y oscura noche en la que ella había aparecido en su puerta. Prestarse a participar en aquella farsa les dejaría en equilibrio y entonces podría marcharse...

—No me he hecho nada en el pelo durante años —dijo, tocándose la trenza que le caía por toda la espalda.

Capítulo 5

AL DÍA siguiente, Natasha fue a uno de los grandes almacenes más famosos que conocía y contrató a una agente de imagen.

—Llámame Kirsty —dijo la agente, una sonriente pelirroja—. Y dime qué es lo que estás buscando.

Natasha respiró profundamente. Sabía lo que quería Raffaele... a alguien que se pareciera lo menos posible a un ama de llaves...

—Quiero un cambio completo de imagen —dijo.

Kirsty no la contradijo.

—Podemos hacerlo. ¿Y cuál es tu presupuesto?

—No tengo un presupuesto —admitió Natasha.

—¿Quieres decir que el dinero no es ningún obstáculo?

—Más o menos —concedió Natasha, pero algo dentro de ella le forzó a añadir—. Desde luego que no quiero *malgastar* dinero.

—Nunca se malgasta dinero... no en lo que a ropa y productos de belleza se refiere —dijo Kirsty con mucha labia—. Nosotras las mujeres nos debemos a nosotras mismas el tener el mejor aspecto posible. Recuérdalo, Natasha.

—Lo intentaré —dijo ella débilmente.

Nunca antes se había metido en una tienda para equiparse de la cabeza a los pies. Cuando había sido una niña el dinero siempre había sido escaso, entonces había sido una estudiante y después había llegado Sam...

Había muchos artículos en rebajas y le agradó tener a Kirsty para que eligiera con su experiencia los modelos y los colores que más le favorecerían a ella.

Como Kirsty le dijo, la mayoría de las mujeres llegaban a la edad de veinticinco con una idea de los colores que les quedaban bien, pero en lo que la mayoría fallaba era en no probar algunos tonos diferentes que quizá no hubiesen sido su elección a primera vista. Le hizo probarse ropa de color verde, terracota, azules intensos y morados, así como también los tonos pastel que ella solía utilizar. Había vestidos de seda y raso para la noche, una exquisita ropa interior y ropa deportiva.

—Ahora viene lo bueno... los zapatos. Aquí tienes, ¡pruébate éstos! –sugirió Kirsty.

Natasha se tambaleó delante del espejo sobre un par de tacones altísimos... que rechazó con firmeza.

—Pero hacen que tus piernas parezcan zancos –objetó Kirsty.

—No estoy segura de *querer* tener unas piernas que parezcan *zancos*... y, de todas maneras, ¡no puedo andar sobre ellos!

Finalmente se compró unos zapatos con tacón más bajo... pero Kirsty insistió en que si no compraba los pecaminosos zapatos de charol rojo se arrepentiría durante el resto de su vida. Y Natasha supuso que debía de estar con la moral muy alta ya que accedió.

Estuvo comprando hasta que ya no pudo más, pero entonces alivió su fatiga al hacerse la pedicura... que probablemente fue la experiencia más divina y relajante de toda su vida. Le lavaron y le masajearon los pies con agua caliente mezclada con dulces aromas, le arreglaron y pintaron las uñas logrando que al final sus pies no parecieran suyos. Se sintió tan cómoda que permitió que le enseñaran algunas técnicas de maquillaje. Compró la base de maquillaje, el rímel, la sombra de ojos, cepillos y pintalabios que le dijeron iban acordes a su tipo de piel. Entonces el esteticista sugirió hacerle la cera.

—Oh, no estoy segura —dijo ella.

—¿Va un caballero a pagar por todo esto? —preguntó Kirsty con delicadeza—. ¿Sí? Bueno, entonces permíteme asegurarte que es un requisito indispensable que te hagas la cera.

Natasha no pudo negar la insinuación de Kirsty... así como tampoco podía explicarle que practicar sexo no era parte del «acuerdo».

—Ahora, vas a tirar esos pantalones vaqueros —dijo Kirsty con mucha determinación—. Y vas a ponerte algo de lo que te has comprado. La antigua Natasha está muerta... ¡larga vida a la nueva!

Entonces la nueva Natasha vio cómo la acompañaba a una moderna peluquería cerca de South Molton Street donde, como por encanto, el estilista con más talento de los que trabajaban allí logró encontrar un hueco para ella al finalizar la tarde.

—Así que... ¿qué quieres hacerte, querida? —preguntó el estilista, tocándole el pelo a Natasha delante del espejo.

—Haz que mi pelo tenga un aspecto estupendo —dijo ella imprudentemente.

Había comprado una botellita de champán para Kirsty por haberla ayudado... pero también había comprado otra para ella y, con bastante entusiasmo, había decidido que le sería muy fácil acostumbrarse a tener mucho dinero.

—¡Eso haré! —gorjeó el estilista con una amanerada exaltación.

Natasha no había vivido el lado frívolo de crecer siendo una jovencita. La tía que la había criado había sido amable pero distante... y extremadamente anticuada. Había sido de las personas que habían considerado degradante para la mujer apoyarse en su aspecto físico para impulsarse en la vida.

—Una mujer debe utilizar su cerebro, no su cuerpo —le había acostumbrado decir a Natasha.

No era de extrañar que Natasha no hubiera estado muy bien preparada para enfrentarse a las dificultades del mundo moderno del que había estado rigurosamente protegida. Cuando había ido a la universidad, tras haber estado estudiando en un colegio para señoritas, había sido como si la hubiesen arrojado a un túnel... la había dejado tambaleándose. Su mojigata inocencia había atraído a una clase de hombre... la clase que consideraba que les correspondía a ellos tomar la virginidad de ella... pero que había salido corriendo a toda prisa al haberse enterado de que ella estaba embarazada.

Mientras le aplicaban mechas, pensó que de joven había estado a salvo en casa de su tía y que en aquel momento estaba a salvo en casa de Raffaele. Su única incursión en el mundo exterior le había dejado sintiéndose chamuscada y se había apartado de ello...

Cuando las mechas tomaron su color, pudo ver la luz que le daban a su cabello.

—¡Ahí! —exclamó el estilista, emocionado al terminar de cortar el pelo.

Natasha parpadeó; apenas reconocía la cara que la miraba desde el espejo. La ropa y el maquillaje que llevaba eran increíbles, sí, pero había sido el pelo el que había logrado la mayor transformación. No le extrañó que los ladrones llevaran pelucas para así cambiar su aspecto.

El estilista le había cortado varios dedos y le había dejado una media melena muy favorecedora. Con la ayuda de las mechas le habían dado un toque de color, una versión más cálida y clara de su color natural. En aquel momento lo tenía dorado o color miel, en vez del castaño desvaído que no le había dado mucha alegría a la cara.

—¿Qué te parece? —preguntó el estilista, emocionado—. Todavía lo tienes suficientemente largo como para llevarlo arreglado en una coleta.

—Está... bueno... no parezco yo —dijo ella.

—¡Ésa era la idea, querida! —comentó el estilista.

Mientras había estado sometiéndose a tantos cambios había sido fácil haberse olvidado de por qué estaba haciendo todo aquello. Pero al llegar a la casa en taxi y bajarse de él con suficientes bolsas en las manos como para hundir un barco acorazado, comenzó a sentirse nerviosa.

Se preguntó si Raffaele iría a pensar que se había vuelto loca y que había ido demasiado lejos con su cambio de imagen o si ella sería capaz de soportar aquella loca farsa.

Pero algo había ocurrido al haberse mirado en el espejo de la peluquería. Algo que no podía expresar con palabras, pero tenía mucho que ver con darse un cierto sentido de ella misma... como si cuando hubo mirado a aquella calmada y perfectamente maquillada cara hubiese visto a alguien diferente de la persona que ella creía ser.

No había visto a Natasha la madre.

Ni a Natasha el ama de llaves.

Ni a la Natasha que no sabía nada de hombres.

Había parpadeado al haber descubierto que ella podía ser quien quisiese ser... simplemente todavía no había averiguado quién era. No en aquel momento.

–¿Hay alguien dentro? –preguntó el taxista al ver la cantidad de bolsas que llevaba ella en las manos–. Necesitará una grúa para ayudarla a meter todas esas bolsas –bromeó.

Pero, en ese momento, Raffaele apareció en la puerta. Se quedó allí de pie, mirándola durante largo rato y frunciendo el ceño, tras lo cual se apresuró a ayudarla.

Al bajar, pagó al taxista y tomó las bolsas que ella llevaba en la mano. Natasha fue muy consciente de la proximidad de él, del intenso calor masculino que irradiaba su cuerpo y del sensual aroma a limón y a sándalo tan característico del aftershave de él. Su recién descubierta confianza comenzó a disiparse ante la mirada de él. Se dijo a sí misma que debía decir algo.

El taxi se marchó, y ellos se quedaron en la acera... mirándose el uno al otro como si se acabaran de conocer.

Raffaele la analizó con la mirada. Iba vestida con un vestido de cachemir que le marcaba la figura como ningún otro vestido había hecho antes. Llevaba un cinturón de cuero y botas a juego... y él no estaba preparado para el salvaje puñetazo de lujuria que sintió.

–¿Dónde está Sa... Sam? –preguntó ella de modo inseguro.

A regañadientes, él apartó la mirada de las piernas de ella y la miró a la cara... donde vio unos ojos que parecían enormes y unos labios que aparentaban tener la textura de los pétalos de rosa.

–Está dentro. Estábamos viendo una película en DVD, pero se ha quedado dormido... estaba rendido de haber estado jugando al fútbol. Ha tenido un día muy ajetreado –dijo, haciendo una pausa. Entonces volvió a hablar de una manera delicada y con un peligroso sigilo–. Y, juzgando por tu apariencia, tú también, *cara mia*.

A Natasha le dio un vuelco el corazón al creer reconocer en los ojos de él la desaprobación a su cambio.

–¿No te gusta?

–No he dicho eso.

–Pero tampoco has dicho lo contrario, ¿no es así?... No has dicho que te guste.

–*Madre di Dio* –dijo él–. ¿Es éste el efecto que la ropa elegante tiene sobre las mujeres? ¿Las transforma de ser recatadas a exigentes?

–¡Eso no es justo, Raffaele!

–¿Ah, no? ¿Y es justo vestirse como una sirena... y decirle a un hombre que puede mirar pero no tocar?

–¡Yo no he dicho eso!

–Oh, ¿no lo has dicho? –dijo él con los ojos como platos–. Eso es exactamente lo que yo quería oír, *bella mia* –murmuró.

Entonces dejó caer las bolsas al suelo y abrazó a Natasha, que sintió la fortaleza del cuerpo de él. Emitiendo una pequeña risita que parecía de triunfo, Raffaele le tocó el precioso pelo que le habían dejado en la peluquería, entrelazando sus dedos con los suaves mechones de éste y acercándolos a él.

–¡Raffaele!

–¿Qué ocurre, *mia bella*? –provocó él–. ¿Quieres que te bese? ¿Es eso?

Natasha separó los labios para decir que no, pero aquella palabra nunca llegó a salir de su boca... y, si lo hubiese hecho, habría sido una mentira. Quizá él lo sabía... así como parecía saber el momento exacto en el que posar sus labios sobre los de ella en un potente beso que denotó tanto posesión como pasión, como un hombre reivindicando su derecho.

Natasha se preguntó si sería porque nadie le había besado desde hacía mucho que reaccionó tan instintivamente al beso de él... o si simplemente había sido porque era Raffaele el que la estaba besando.

Fuese lo que fuese, todo lo que Natasha sabía era que se sentía incapaz de hacer otra cosa que no fuera cerrar los ojos, abrir los labios y rendirse a aquella dulce y embriagadora presión. Le abrazó los hombros mientras sentía cómo él exploraba su boca con la lengua.

Un beso de Raffaele había sido su más profundo y prohibido deseo. Lo había deseado cuando él la sonreía antes de marcharse a trabajar por las mañanas, o cuando él regresaba del extranjero y ella lo había echado de menos más de lo que él nunca sabría. O, más peligrosamente, cuando él se había duchado y tenía el pelo todavía húmedo...

Bueno, aquel beso era real y, por primera vez, la realidad había superado al beso de su imaginación. Gimió al sentir cómo se le debilitaban las rodillas y lo abrazó con más fuerza.

Él sintió la silenciosa rendición de ella y sus sentidos explotaron ya que no se lo esperaba. Se sentía confundido... porque a quien estaba besando era a *Natasha*. Podía sentir las curvas del cuerpo de ella bajo sus dedos. Ella le estaba incitando a la clase de beso que sólo llevaba a un lugar... y ese lugar era la cama. Supo que, si no dejaba de hacer lo que estaba haciendo, ella iba a obtener mucho más de lo que estaba pidiendo.

Apartó su boca de la de ella, sintiendo lo revolucionado que tenía el corazón. Ella tenía todavía los labios abiertos, húmedos, y sus ojos azules estaban oscurecidos por el deseo que le recorría el cuerpo. Él sintió cómo una extraña sensación se apoderaba de su cuerpo, era más enfado que frustración, como si hubiese estado jugando con ella y ella se la hubiese devuelto.

Natasha se quedó mirándolo con la boca temblorosa.

—¿Por qué... por qué has hecho eso? —susurró.

Él se dijo a sí mismo que había sido porque había hecho que la deseara cuando no podía ser, o quizá había sido porque no recordaba haber deseado besar a ninguna mujer de aquella manera...

Pero todo aquello era una farsa y quizá ambos necesitaran un recordatorio de ello.

—¿No sabías que hay un periodista escondido por aquí cerca, husmeando para encontrar alguna historia? Y creo que le hemos dado una —susurró él—. ¡Qué pena que no tuviese una cámara!

Durante un momento, Natasha pensó que él estaba bromeando, pero al mirarlo a la cara se dio cuenta de que estaba hablando muy en serio. Trató de zafarse de los brazos de él, pero Raffaele la estaba sujetando demasiado firmemente como para que ella fuese capaz de alejarse.

—¿Lo sientes? —preguntó él con gravedad—. ¿Me sientes a mí? ¿El efecto que tienes sobre mí? ¿Cuánto me haces desearte?

—Déjame... ¡suéltame!

—¡Pero no deberías besar a un hombre de esa manera si no estás dispuesta a afrontar las consecuencias!

—Eres... ¡un malnacido!

Pero el fuego que reflejaban los ojos de ella le estaba excitando a él aún más y se preguntó cómo podía ser... hasta que se dio cuenta de que el papel que ella jugaba en su vida normalmente era el de la docilidad. Repentinamente ella había dejado de ser sumisa y se preguntó qué más sorpresas le depararía aquella mujer.

—Shh, *cara* —dijo él dulcemente—. No queremos que ese agradable periodista piense que estamos discutiendo, ¿verdad? No cuando estamos a punto de decirle al mundo que estamos comprometidos.

—¿Me vas a soltar?

—En un segundo —dijo él sin soltarla, incapaz de abandonar la exquisita suavidad del cuerpo de Natasha.

Entonces sintió cómo ella se relajaba y emitía un suspiro de sumisión.

—*Si* —susurró—. Así tiene que ser. ¿Te das cuenta de lo indefensos que podemos ser... cuando somos esclavos de nuestros deseos más primitivos? Tú y yo elegimos jugar a un juego, decidimos preparar una farsa pero, en el fondo, sólo somos un hombre y una mujer programados por la naturaleza para estar juntos de la manera más fundamental posible.

La descripción casi anatómica que había hecho él del beso que acababan de compartir le dolió a Natasha ya que sus sentimientos estaban en el polo opuesto.

—¿Me puedes soltar? —pidió de nuevo, susurrando.

—Lo haré —dijo él, humedeciéndose los labios. Pero el dolor que sentía por dentro era real... como lo era su sentimiento de arrepentirse de que aquello fuese una farsa.

No le gustaba el hecho de no poder llevarla a la planta de arriba y dar rienda suelta a aquel intenso deseo durante unas pocas horas de delicioso sexo.

—A no ser que quieras un último beso antes de que lo haga —murmuró.

Lo terrible de la situación era que ella sí que quería... ¡aunque él lo había hecho solamente para que lo viera el periodista! Se dijo a sí misma que no quería acabar herida y se apartó de él a la fuerza.

—No, gracias —dijo—. Me gustaría ver a Sam... y después quiero colgar toda esta hermosa ropa antes de que se arrugue demasiado.

Entonces agarró las bolsas y se dirigió a entrar en la casa, disfrutando de la leve expresión de desconcierto que reflejaba la cara de él.

Pero al entrar, todos sus sentimientos negativos se disolvieron en amor al ver a Sam dormido en el sillón.

Se quedó mirándolo y sintió un nudo en la garganta al pensar que un día cercano iba a tener que apartar a su hijo de un hombre al que el pequeño quería... casi como a un padre. Pero Raffaele *no* era su padre, y a ella no le quedaba otra opción más que marcharse.

—Despiértate —le dijo suavemente al pequeño—. Despiértate, cariño.

Adormilado, Sam parpadeó.

—Estás distinta, mamá.

—Es porque me he cortado el pelo. ¿Tienes hambre?

—No —contestó el pequeño, murmurando algo en italiano a continuación como frecuentemente hacía tras pasar tiempo con Raffaele.

Normalmente a ella le encantaba ver los progresos de su hijo y cómo podía practicar los idiomas, pero aquel día sólo enfatizaba las ventajas que aquella vida le daba... ventajas que pronto desaparecerían cuando ella dejara de trabajar para su jefe.

Raffaele entró en la sala y vio cómo Natasha se agachaba para apartar un mechón de pelo de la cara de su hijo... pero era como si estuviera mirando a alguien a quien no había visto antes. Sí, ella era una madre ejemplar y una trabajadora responsable... pero aquel día era como si alguien la hubiese convertido en otra persona. Se preguntó dónde estaba la Natasha que él conocía.

Ni en sus sueños más alocados podía haberse él imaginado que ella se iba a haber convertido en la personificación de su mujer ideal.

En ese momento sonó su teléfono móvil y salió de la sala para contestar. Era Troy, que parecía al mismo tiempo desconcertado y satisfecho.

—Acabo de hablar con el *Daily View*; dicen que te han pillado besando a una glamurosa rubia a las puertas de tu casa y quieren algún comentario —dijo el abogado—. ¿Qué está ocurriendo, Raffaele? Esto es muy confuso. Yo pensaba que iba a ser Natasha quien iba a ser el señuelo... ¿Quién es? ¿Quién es la misteriosa mujer?

—No hay ningún misterio —dijo Raffaele, sintiendo una satisfacción que no sabía de dónde venía—. La mujer es Natasha.

–¿*Natasha*?

–Sí, Natasha –contestó Raffaele con serenidad–. Y sobre eso de un comentario... no voy a hacer ninguno. Pero quizá a ti te gustaría decir que voy a llevar a la glamurosa rubia a una cena benéfica el lunes. Y ella llevará puesto mi anillo de compromiso.

Capítulo 6

NATASHA!

Ella pudo notar la impaciencia que se desprendía de su tono de voz.

–¡Natasha! –volvió a llamar él.

–¡Espera dos segundos, Raffaele! –gritó ella, dándose la vuelta para mirar a su hijo.

Sam estaba sentado frente a un libro para pintar que había en el pequeño pupitre de su habitación.

–Buenas noches, cariño –dijo ella, como si fuese a dejarlo durante un mes en vez de sólo una noche.

–Buenas noches, mamá –murmuró el pequeño, sonriendo–. Estás muy guapa.

Pero ella no se sentía bien. Se sentía como un fraude. Se estremeció; tenía frío, ya que no estaba acostumbrada a mostrar tanto de su cuerpo.

–¿Estás seguro de que no te importa que te deje con la niñera? –preguntó, preocupada. Le había preguntado lo mismo en varias ocasiones durante aquella tarde.

Pensó que si su hijo fuese un niño más manipulador quizá hubiese dicho que sí, que no estaba acostumbrado a que su madre le dejara con otra gente y le hubiese exigido que se quedara... ¿y no le hubiese aliviado a ella aquello enormemente?

–No, me gusta Anna. Es divertida. ¡Canta canciones con un secador!

–¿Ah, sí? –dijo Natasha, sonriendo.

La estudiante de arte, hija de una familia que vivía en la misma calle, era muy alegre y adoraba a Sam, pero era la primera vez que Natasha la contrataba como niñera. Se preguntó si sería capaz de detectar un fuego si se producía o si iría a utilizar la oportunidad para hacer una fiesta e iba a dejar a Sam olvidado...

Entonces bajó a la planta de abajo y vio que allí estaban Anna y Raffaele. Ambos se giraron para verla; iba vestida con un largo vestido de seda roja y se había puesto los zapatos de charol rojo.

–Aquí estoy –dijo alegremente al acercarse a ellos.

–Ya veo –dijo Raffaele, que no le quitaba la vista de encima.

Él estaba acostumbrado a ver a Natasha vestida con pantalones vaqueros y zapatillas de deporte, pero la Natasha de aquel día se movía de manera diferente... seguramente por los tacones de infarto que llevaba. Se preguntó si llevaba medias bajo el vestido y sintió cómo se le aceleraba el pulso...

–¡Guau... estás *impresionante*, Natasha! –dijo Anna–. ¡No puedo creer que seas tú!

–Ya lo sé –dijo Natasha irónicamente, aliviada ante el hecho de no haberse caído al suelo.

–Ven aquí, que te dé la luz, y permíteme verte bien –murmuró Raffaele.

Él se echó para atrás para inspeccionarla... exactamente como alguien haría si estuviera mirando una obra de arte. Pero ella se dijo a sí misma que no tenía por qué enfadarse, ya que aquello era un juego y ambos tenían que jugar. Iba peinada con un bonito moño que una peluquera había ido a hacerle aquella misma tarde. Le pesaba la mano debido al anillo de platino que llevaba... su delicada mano era demasiado frágil como para soportar el peso de una piedra tan excepcional como la que llevaba incrustada el anillo.

Raffaele había decidido que ir a comprar el anillo a las joyerías como personas normales habría sido demasiado burdo dadas las circunstancias, por lo que había hecho que la joyería les hubiera llevado sus artículos a casa como si fueran un servicio a domicilio.

Raffaele le había preguntado qué piedras le gustaban más.

–En realidad no lo sé –había dicho ella.

–Debes de tener alguna idea –había dicho entonces Raffaele, frunciendo el ceño.

–¿Por qué? No es algo en lo que nunca haya pensado mucho.

–¿No? –había dicho él con la incredulidad reflejada en la voz–. Yo pensaba que todas las mujeres soñaban con su anillo de compromiso, ¿no es así?

A Natasha se le había reflejado la frialdad en la mirada. De todas las arrogantes afirmaciones que había hecho él... ¡aquélla había sido la más ofensiva!

–¡Quizá en tu círculo social lo hacen! –había contestado.

–Oh, lo hacen –había dicho él, riéndose cínicamente–. Desde luego que la mayoría lo hace.

–No, elige tú –había dicho ella.

Había parte de sí que no quería tener nada que ver con el anillo. Se había dicho a sí misma que aquello era un accesorio... nada más. Si hubiera comenzado a decirle que le gustaba una piedra más que otra, si le hubiera confiado sus gustos, aquello hubiera adquirido una importancia innecesaria. Y más como un mecanismo de defensa que otra cosa, no había querido apegarse mucho a una joya que no tenía sentido. Por lo que no le hubo confiado que siempre le habían gustado las aguamarinas y hubo continuado insistiendo en que eligiera él.

Pero cuando él hubo elegido un diamante se hubo quedado decepcionada ya que la frialdad de estas joyas no les otorgaba mucho sentimiento.

–Es una buena inversión, *signor* de Feretti –había dicho el joyero.

–¿Te gusta, cara? –había preguntado entonces Raffaele a Natasha.

–Es magnífico –había dicho ella, continuando con la farsa.

Y, aquella noche, durante la cena de caridad, era la primera vez que le iban a ver el anillo, así como también era la primera vez que les iban a ver juntos a ellos dos como pareja.

Raffaele le cubrió los hombros con una preciosa capa de terciopelo, acariciándole levemente la piel con sus dedos. Se dio cuenta de lo oscura que era su piel comparada con la de ella. Entonces, espontáneamente y sin desearlo, una imagen se apoderó de su mente... una que no cesaba de pasársele por la cabeza, alterándole los sentidos... era la imagen de su oscuro cuerpo sobre el dócil y pálido cuerpo de ella mientras le acariciaba todas sus curvas... con sus manos y con su lengua...

Bajo sus pantalones de etiqueta, sintió la tensión del deseo sexual... sorprendiéndole por su intensidad. Se preguntó si era porque sabía que no podía tenerla, porque ella no era de su clase social y llevarla a la cama sería aprovecharse de ella. Para un hombre que lo tenía todo, lo prohibido tenía un poder muy atrayente.

–El coche está aquí –dijo él.

La noche era clara y el cielo estaba repleto de estrellas. Raffaele observó cómo ella se sentaba en la parte trasera de la limusina.

–¿Te gusta asistir a esta clase de eventos? –preguntó Natasha.

–Tienen un propósito –dijo él, sentándose a su lado.

–¿Quieres decir que consiguen dinero para caridad?

En la oscuridad, Raffaele sonrió levemente, pensando en lo inocente que era ella.

–Algo así.

–¿Qué más? –persistió ella... ya que de algo tenían que hablar.

Raffaele se giró para mirarla. Ella tenía la cara en parte iluminada y en parte en sombra. Le brillaban los labios y parecía que tenía unos ojos enormes. Iba a tener que acostumbrarse a aquella nueva Natasha.

–No querrás saberlo –murmuró él–. Mantén tu visión dulce e idealista de las cosas, Natasha... créeme; es una cualidad muy poco común.

–Quiero aprender –dijo ella tenazmente–. Sería mejor si saco algo positivo de esta experiencia.

Sorprendentemente, el comentario de ella le dolió a Raffaele... aunque no sabía si lo que había herido había sido su orgullo. Se rió levemente. Quizá se lo tenía bien merecido y se preguntó qué esperaba, si quería gratitud en todo momento.

–Está bien, entonces te enseñaré todo lo que ocurre en el gran y cruel mundo. Sí, claro que estos eventos consiguen dinero para causas que merecen la pena... pero, para mucha gente, es importante que les *vean* dando fondos.

–¿Pero para ti no?

–¿Eso ha sido una pregunta o una afirmación? ¿Debería sentirme ofendido o halagado? –preguntó él, frunciendo el ceño.

Natasha podría estar nerviosa por el acontecimiento al que iban a asistir, pero siempre trataba de ser justa, y agitó la cabeza.

–No creo que necesites las opiniones de la gente para reafirmar tu ego.

–Gracias, Natasha –murmuró él.

Ella sintió un ridículo placer ante la manera en la que él la miró, y se giró para mirar por la ventana ya que no quería que él se diera cuenta; no debía saber lo vulnerable que ella era ante sus alabanzas. Ya se había fallado a sí misma al haber respondido al beso de él de aquella manera... y, si no se controlaba, él comenzaría a sospechar sus verdaderos sentimientos...

–Ya hemos llegado –dijo Raffaele–. Respira profundamente antes de prepararte a entrar, *cara*.

Natasha miró por la ventana y vio el deslumbrante hotel donde se iba a celebrar la cena. Era uno de los más prestigiosos de Londres y se encontraba frente a Hyde Park.

Estaba adornado con una alfombra roja que llevaba a la entrada, a cuyos lados esperaban una multitud de fotógrafos. Natasha se preguntó si iba a poder ser capaz de hacerlo...

–¿Estás segura de que estás preparada para esto? –preguntó él al notar lo tensa que se había puesto ella.

Natasha estuvo tentada de decir que no, que ella era muy inapropiada para aquel papel y que jamás nadie creería que un hombre como Raffaele de Feretti le había propuesto matrimonio a alguien como ella.

Pero, si se echaba para atrás en aquel momento, seguro que pasaría la vida sintiéndose levemente fracasada, aparte de que dejaría a Raffaele en la estacada en el peor de los momentos.

—¡Estoy perfectamente preparada! —dijo, sonriendo.

Él pensó que si hubiese sido cualquier otra mujer la que hubiera estado sentada en la limusina con el aspecto de ella, él ya la hubiese besado y tocado... incluso hubieran...

—¡Raffaele!

—¿Humm? —dijo él, que sintió cómo le había chafado su fantasía erótica.

—El chófer te está abriendo la puerta —le regañó ella.

Arreglándose la chaqueta y tratando de sofocar la frustración que sentía, Raffaele se bajó del coche y le tendió la mano a ella una vez estuvo fuera.

Al darle la mano a él, Natasha vio cómo brillaba el diamante y tembló. Tuvo que recordarse que simplemente llevaba aquel anillo para dar un mensaje... no era ningún símbolo de los sentimientos de dos personas.

La prensa se volvió loca.

—¡Natasha! ¡Oye, Natasha! ¡Mira hacia aquí!

—¡Aquí, Natasha!

Innumerables flashes se reflejaron en la cara de ella, provocando que tuviese que parpadear. Raffaele la sujetó con fuerza por el codo al notar cómo se tambaleaba.

—¿Estás bien? —preguntó, murmurando, con la cabeza muy cerca de ella.

—Estoy... bien. Sólo un poco deslumbrada, ¡literalmente hablando!

Él pensó que incluso durante una situación como aquélla ella podía comportarse de una manera inteligente e ingeniosa.

–Vamos –dijo, preguntándose por qué estaba perdiendo el tiempo en pensar cosas como aquélla cuando tenía una difícil noche por delante.

Abrazó a Natasha por la cintura en un gesto posesorio, estirando los dedos para así abarcar más partes de su cuerpo. Se dio cuenta de que le gustaba... y mucho.

–¡Raffaele! –gritó alguien–. ¿Qué te ha hecho querer casarte con tu ama de llaves?

–¡Natasha! –la llamó otra persona, como si la conocieran de toda la vida–. ¿Cómo te sientes al estar comprometida con un multimillonario?

–Simplemente sigue sonriendo –murmuró Raffaele–. No digas nada.

–No pretendía hacerlo.

Una vez dentro del hotel, Natasha se sintió levemente mareada debido al aroma que desprendían la gran cantidad de flores que allí había.

–¿Puedo tomar su capa, señora? –le preguntó uno de los miembros del personal que se acercaron a ellos servicialmente.

Ella se la quitó y se la entregó a la muchacha. No estaba acostumbrada a que la trataran con tanta deferencia. Y, repentinamente, se identificó más con la chica del personal del hotel que con las glamurosas personas que también asistían a la cena.

Sin la capa se sintió desnuda y expuesta... y cuando Raffaele la llevó al salón de baile se dio cuenta de que así era. Estaba expuesta a las penetrantes miradas de las mujeres que les rodeaban.

Se preguntó si su nerviosismo le hacía imaginar que la gente estaba haciendo comentarios. Pero no. No se lo estaba imaginando. Como tampoco le pasaba nada a su visión... y pudo ver cómo la gente la miraba de arriba abajo.

—¿Estás bien? –le preguntó Raffaele.

—¡De repente me identifico con las exhibiciones que se hacen en los zoológicos!

—¿Tan malo es? –dijo él, pero sus ojos reflejaban comprensión–. Necesitas beber algo.

—Gracias –dijo ella, que no estaba segura de necesitar beber.

Entonces Raffaele tomó dos copas de champán de la bandeja de un camarero y le dio una a Natasha. Ésta se la llevó a los labios y sintió cómo las burbujas le hacían cosquillas en la nariz.

—No estás acostumbrada a beber champán –comentó él.

—No me trates con condescendencia, Raffaele –protestó ella al beber un poco y pensar que estaba muy seco.

—No lo estoy haciendo. Era una observación, no una crítica.

—Pues claro que no estoy acostumbrada. No vengo de un entorno en el que se beba champán... sino más del tipo que bebe un vaso de vino en Navidades. Bebí un poco de champán por primera vez en la universidad... pero no se parecía a éste –dijo, encogiéndose de hombros y preguntándose por qué habría llevado la conversación por aquellos derroteros–. Lo que bebí no era champán de verdad.

—¿Fue con el padre de Sam? –exigió saber él, que repentinamente, e inexplicablemente, sintió la necesidad de conocer.

Nunca antes le había preguntado él nada parecido, y Natasha pensó que aquél no era el momento oportuno.

–Sí, lo fue –contestó, ruborizándose al recordar aquello.

Pero se salvó de tener que revelar nada más ya que una pareja se les acercó. Nerviosa, bebió un poco más de champán, pensando que realmente estaba delicioso.

–¡Raffaele! ¿Así que es por esto que tienes una reputación tan temible como jugador de póquer? ¡Es porque tienes una preciosa mujer como ésta escondida en casa... y nadie la había visto!

El hombre que había hablado parecía tener más o menos cincuenta años... aunque la mujer que le acompañaba debía de tener la mitad de años que él. Ella también iba elegantemente peinada y llevaba un bonito vestido de seda.

–Sí, ésta es Natasha –estaba diciendo Raffaele–. Natasha, éste es John Huntingdon... hemos hecho algunos negocios juntos.

–¿Algunos negocios? –John se rió y apretó la mano de Natasha–. ¡Raffaele compró mi bloque de oficinas en Canary Wharf!

–Lo siento, creo que no nos conocemos –le dijo Raffaele a la rubia acompañante de su amigo.

–No... ¡ya que yo me acordaría de ti! Hola, soy Susi.

–Hola, Susi –dijo Raffaele.

–¡Felicidades! –le dijo entonces Susi a Natasha, tomándole la mano y mirando el anillo con una apenas disfrazada codicia–. Debes decirme cómo lo conseguiste... yo he estado tratando de que John me compre un brillante...

–Oh, durante tres meses –interrumpió John–. De hecho, ¡casi desde el momento en que nos conocimos! De todas maneras, vamos a sentarnos todos en la misma mesa... así que os veremos dentro de un rato –dijo, poniéndole la mano a Susi en la espalda y guiándola hacia delante–. Vamos, cariño... así, buena chica.

A Natasha le dio un poco de pena ver cómo John trataba a su novia, pero se dijo a sí misma que quizá lo que ella tenía que hacer era seguir su ejemplo y flirtear con Raffaele. Pero entonces comenzaron a acercárseles más personas y se sintió muy vulnerable siendo el centro de todas aquellas miradas curiosas.

Aunque no tenía mucho apetito, se alegró cuando tuvieron que sentarse para cenar. La comida era deliciosa, pero el vestido que llevaba era tan estrecho que, si hubiese comido más de un bocado, se hubiese sentido incómoda dentro de él. ¡No le extrañó que todas aquellas mujeres lograran estar tan delgadas!

A un lado tenía sentado a John Huntingdon y, al otro, a un abogado llamado Charles. Todos los hombres que había sentados a la mesa parecían estar relacionados con las finanzas... lo que no era un área de su especialidad.

Todos parecían miembros de un exclusivo club...

–¿Cómo puede ser que no te haya visto antes? ¿No fuiste a Wimbledon? –le preguntó una mujer a Natasha.

Ella admitió que no había asistido.

–Oh, ¿y fuiste a Cheltenham?

–Es una carrera de caballos, *cara mia* –le dijo Raffaele.

Por un momento, Natasha pensó que era muy irónico que un italiano supiera más de Inglaterra de lo que sabía ella. Pero se dijo a sí misma que aquél no era su mundo; nunca lo había sido, y eso no iba a cambiar.

Mientras la miraba, Raffaele pensó que tenía un aspecto muy dulce. Y muy simple, a pesar de la cara ropa que llevaba y del gran anillo de su dedo. Tenía un cuerpo estupendo, tonificado por tener que correr tras de Sam y por pasar la aspiradora por toda la casa, en vez del de otras mujeres que era de gimnasio y que no marcaba muy elegantemente los músculos.

Todavía seguía teniendo algo que la hacía diferente... casi como una pureza. Pensó que parecía como una flor que había sido cortada del jardín de alguien... delicada y natural.

Esbozó una mueca, preguntándose por qué estaba pensando aquello. Se planteó si estaba proyectando sobre ella un romántico cuento de hadas, porque provenían de mundos distintos. Pero, en realidad, la había deseado cuando la había besado. Aún más, había querido tumbarla en algún lugar y penetrarla hasta haberse perdido por completo...

Apenas probó el delicioso vino ni la exquisita comida. No tenía hambre.

Volvió a mirar a Natasha... parecía que ella había superado su timidez inicial y estaba asintiendo con la cabeza ante algo que había dicho el hombre que tenía sentado al lado. Entonces ella le dijo algo a John Huntingdon, y ambos hombres rieron, cosa que no le hizo gracia a Raffaele.

Sintió un desconocido puñetazo de celos... extraño e inexplicable... y, en vez de refunfuñar ante el sonido de la banda de música que acababa de comenzar a tocar, se levantó y se acercó a tenderle la mano a ella de manera posesiva.

–Baila conmigo.

Como normalmente ocurría con él, aquello no fue una pregunta sino que fue una orden, pero eso no le impidió a Natasha disculparse ante la gente con la que había estado hablando. Aunque Raffaele no hubiese sido su jefe y aunque no hubiesen estado representado aquel papel... ella quería bailar con él.

Había estado intentando con todas sus fuerzas no quedarse mirándolo durante la cena, pero no había tenido mucho éxito. Le habían flaqueado las rodillas al haberlo visto en traje de etiqueta. El negro le quedaba muy bien. Bueno, todo parecía quedarle bien...

–Me encantará –respondió suavemente–. ¡Sobre todo si me lo pides con tanta amabilidad!

Raffaele frunció el ceño al guiarla a la pista de baile... era la primera vez que recordaba salir el primero a bailar. Se preguntó si ella estaría burlándose de él, si no estaría respondiendo ante él como si fuera de su misma clase.

Pero todos aquellos pensamientos se evaporaron al acercarla a él. Abrazarla era... bueno, *sconosciuta*... extraño... y no sólo porque era una nueva mujer. Comenzaron a bailar.

Abrazándola, podía sentir todo su cuerpo. Podía sentir la ondulación de su cintura al poner su mano alrededor de ella tan sinuosamente como una serpiente, el leve roce de sus pechos contra su torso... Sabía que su increíble trasero estaba muy cerca de él y que podía tocarlo si estiraba los brazos... podía cubrirlo de manera posesiva y acercar las sensuales caderas de ella a su cuerpo para que Natasha pudiera sentir por ella misma el duro deseo que estaba sintiendo él...

Gimió, sintiéndose confundido ya que deseaba lo

prohibido pero, al mismo tiempo, le era tan dulcemente familiar que se sentía culpable. Había pensado que aquello iba a ser fácil, pero había estado muy confundido.

–Es... es una banda de música estupenda –dijo Natasha, sintiendo lo tenso que estaba él. Ella misma estaba muy alterada.

Aquel hombre olía tan bien... y le hacía sentir tan bien el estar en sus brazos. Sintió ganas de ponerse de puntillas y acariciar con sus labios la barbilla de él. No pudo ignorar el vuelco que le dio el corazón.

–¿No es así? –susurró.

Raffaele se preguntó de qué demonios estaba ella hablando. Ah, sí... de la música. Deseaba que la banda no estuviera tocando ya que así hubiese podido oír la manera en la que ella respiraba y los fuertes latidos de su corazón. Era la música del cuerpo de ella comenzando a tocar la melodía del deseo.

Sintió que quería apretar su cuerpo contra el de ella, ponerle un muslo entre las piernas, pero supo que no podría hacerlo. Si fuese otra persona que no fuese Natasha... entonces sí, podría fingir. Pero corría el riesgo de que el juego se les escapase de las manos y, si así ocurriera, él estaría tentado de hacerle el amor. Y eso sí que sería aprovecharse de lo servicial que estaba siendo ella de la manera más despreciable.

–Estoy aburrido de bailar –dijo de manera cortante–. Vamos a hacer una pausa, ¿sí? ¿Te importa?

Natasha negó con la cabeza mientras él la sacaba de la pista de baile, preguntándose si lo que en realidad había querido decir él era que estaba aburrido de ella. Se tuvo que recordar a sí misma que todo aquello era por Elisabetta.

Raffaele la tomó por el brazo y pudo ver cómo los ojos de ella se pusieron como platos al mirarlo inquieta a la cara... y algo sobre la preocupación de ella le hizo ponerse a la defensiva. Se preguntó por qué demonios seguían allí. Ya había hecho una gran demostración de su farsa.

–No puedo soportar durante más tiempo estar en esa mesa sentado, teniendo que charlar con los demás.

–Pensaba que estabas hablando de negocios... ¡era yo la que estaba charlando!

–Ya lo vi. Parecía que todos los hombres de la mesa estaban comiendo de tu mano –dijo él, esbozando una mueca–. ¿Por qué no nos vamos sigilosamente antes de que alguien se dé cuenta de que nos hemos marchado?

–¿No les parecerá grosero? –preguntó Natasha.

–Pensarán que es perfectamente normal que queramos pasar tiempo a solas –dijo él, deseando besar los labios de ella.

–Está bien... pero pienso que deberíamos despedirnos primero –dijo Natasha tercamente.

Raffaele fue a decirle que lo que quería era irrelevante pero, ante su asombro, ella ya se estaba dirigiendo hacia la mesa y, al verla de espaldas, fue incapaz de quitarle la vista de encima a su sensual trasero...

Capítulo 7

AFUERA, la prensa parecía haberse multiplicado y dos encargados de seguridad tuvieron que abrirles paso hasta el vehículo que les estaba esperando.

—¡Es tu culpa! —espetó Raffaele mientras ayudaba a Natasha a montarse a la limusina. Entonces él se montó tras ella y cerró la puerta.

—¿Por... por qué? —preguntó Natasha, que no quería pedirle a él que moviera su muslo, el cual estaba presionando al suyo.

—Fuiste despidiéndote de todo el mundo como si fueran amigos de toda la vida, ¡y alguien informó a la prensa de que nos marchábamos!

—Lo hice por guardar las formas —dijo Natasha, cuya determinación de permanecer alegre se evaporó ante el enfado de él.

Raffaele apenas podía creer lo que había dicho ella.

—¿Crees que yo... necesito una lección sobre cómo comportarme? —preguntó.

—Ahora mismo, sí. ¡Sí, lo pienso!

—¿Y la lección me la vas a dar tú?

—¿Y por qué no? —replicó ella, furiosa—. Si soy lo suficientemente buena como para «comprometerme» contigo y que me trajeras aquí del brazo, ¡entonces supongo que seré buena para todo lo demás también!

–Oh, ¿eso crees?

–¡Sí, lo creo!

En ese momento se creó un breve silencio.

–¿Crees que eres lo suficientemente buena como para besarte? –preguntó él.

La pequeña atmósfera del coche les agobió, y Natasha pudo ver el hambre que reflejaban los ojos de él, así como el brillo de sus labios. Todavía podía sentir la presión que sobre su muslo estaba ejerciendo el de él...

–Raffaele –susurró.

–*Raffaele* –la imitó él con cierta dureza.

No había esperado ni se había preparado para que ella lo tuviera bajo su poder, y le iba a hacer pagar las consecuencias de ello. La iba a besar, sabiendo que estaba mal, pero lo iba a hacer de todas maneras.

Emitiendo una especie de gemido la acercó hacia sí, agarrando la dulce y terca carne de ella. Entonces la besó con una mezcla de enfado y lujuria.

Natasha se echó sobre el respaldo del asiento, gimiendo de necesidad. Él le estaba acariciando la espalda, incitándola a que abriera los labios con los suyos propios mientras presionaba con su muslo entre los de ella. Se estremeció, sintiendo una violenta necesidad. Sabía que debía detenerlo, pero nada le hubiese hecho parar la extenuante ternura de aquel beso.

Tratando de ignorar las dudas que le estaban atormentando, tomó la bella y orgullosa cara de él entre sus manos como para asegurarse de que aquello era real, de que aquello estaba realmente ocurriendo.

Y así era.

Gimiendo, apartó las manos de la cara de Raffaele en el preciso instante en que él comenzó a acariciarle un pezón... pezón que estaba tan endurecido que casi le dolía. Estaba presionando contra la seda del vestido como queriendo liberarse de toda presión. Y, como si le hubiese leído los pensamientos, él le bajó el tirante del vestido, desnudándole el pecho. Ella sintió cómo el aire le acariciaba su desnuda piel y después, tomándola por sorpresa, sintió la boca de él sobre su pecho.

Estremeciéndose, miró para abajo y vio la oscura cabeza de Raffaele mamando de ella. Aquello provocó que su conciencia le recordase que lo que estaban haciendo no estaba bien, ¡sobre todo en la parte trasera de un coche!

Natasha tenía un sabor muy dulce. Como salado. Sabía a mujer y a necesidad. Raffaele estaba a punto de explotar mientras jugaba con la lengua con el endurecido pezón de ella y oía los leves gemidos de placer que ésta emitía. Era tan inesperado. Tan *extraño*. ¡En pocos días la mujer que le llevaba el té por las tardes se había convertido en una criatura apasionada que estaba estremeciéndose de placer en sus brazos!

Sintió cómo la dura necesidad de su deseo le presionaba. Si hubiese sido otra persona que no fuese Natasha, le hubiese llevado la mano a su sexo y ella le hubiese desabrochado los pantalones, llevándoselo a la boca...

–¡Raffaele! –exclamó Natasha, empujándolo por el pecho.

Aquello fue como si a él le hubiesen echado agua helada por encima. Gruñendo, apartó la boca de la de ella, soltándola como si de repente ella estuviese contaminada. Se sentó al otro lado del asiento, tratando de calmarse.

Ella esperó a ponerse de nuevo el tirante del vestido antes de atreverse a mirarlo. Al notar el enfado que tenía él, se mordió el labio inferior.

–¿Raffaele?

–¿Qué? –dijo él con frialdad, mirándola con una heladora indiferencia.

–Que... bueno... eso no debía haber pasado –dijo ella.

Él la miró prácticamente con admiración, pensando lo poco que le había costado representar el papel de novia.

–¿Crees que no lo sé? –dijo, consciente de que algo sorprendente había ocurrido...

Una mujer había detenido a Raffaele de Feretti y había impedido que le hiciera el amor. Esbozó una mueca al darse cuenta de que eso no le había ocurrido antes.

Y, mientras que su orgullo y su ego deseaban abrazarla y besarla de nuevo de una manera que le haría a ella suplicarle que le hiciera el amor, exasperado, tuvo que reconocer que ella había tomado la decisión correcta.

–¿Crees que quiero complicar aún más esta maldita situación? –espetó–. ¿Actuando como un adolescente en la parte trasera de un coche? ¡Eso no estaba incluido en el acuerdo!

Lo que más le dolió a Natasha fue ver cómo había despreciado él la manera en la que se habían besado.

–¿Siempre besas así a las mujeres? –exigió saber.

–¿Tú qué crees? –contestó él, sonriendo con arrogancia–. ¿Crees que me excito sólo por *ti*?

El tono de voz empleado por él era burlón. Pero ella no le iba a mostrar que le había herido... porque si no, él quizá comenzaría a preguntarse por qué.

–Obviamente no –dijo con calma–. Nadie se gana

la reputación de ser un supersemental a no ser que sea cierta.

—¿*Supersemental*? —repitió él peligrosamente.

Él la había herido a ella y, en aquel momento, estaba tomando un poco de su propia medicina.

—Oh, vamos, Raffaele —protestó ella—. Has sido relacionado y fotografiado con un sinfín de mujeres glamurosas agarradas a tu brazo... algunas de las cuales han alardeado de tu destreza sexual. ¡Si eso no es ser un supersemental, entonces no sé lo que es!

Se creó un incómodo silencio. Raffaele estaba tan furioso ante lo que había dicho ella que, por primera vez en su vida, no sabía qué decir. Pero al poco rato se volvió a mirarla con la furia reflejada en los ojos.

—¿Crees que a mí se me define por mi capacidad para satisfacer a las mujeres... como si fuese un *gigoló*?

Natasha nunca lo había visto tan indignado y, a pesar de todo, se echó a reír.

—¿Qué es lo que es tan gracioso? —exigió saber él, furioso.

—¡Tú! Claro que no estoy diciendo que seas un gigoló... no creo que hayas cobrado por tener sexo contigo...

—¡Natasha! —advirtió él.

—La gente dice cosas cuando está... —comenzó a decir, deteniéndose a tiempo antes de reconocer que estaba completamente enamorada de él—. No tienes por qué reaccionar de manera exagerada, Raffaele.

Él se dijo a sí mismo que ella no tenía ni idea de cómo la deseaba en aquel momento. Se moría por levantarle el vestido y penetrarla con su dedo. Tragó saliva y maldijo en voz muy baja, casi imperceptiblemente. Ella tenía razón. Aquella historia podía tomar dos caminos... y el más obvio era el más fácil y el más placentero de seguir. Podría seguir besándola, y ella podía seguir respondiendo mientras las cosas progresaban y acababan practicando sexo. Quizá no en la parte trasera de la limusina... pero seguro que lo harían cuando llegaran a la casa.

Pero se planteó todas las complicaciones que ello implicaría. Se preguntó cómo se sentirían ambos por la mañana, cuando el fuego de la pasión se hubiese apagado, cuando ella tuviese que levantarse para prepararle los cereales a Sam y llevarlo al colegio como si nada hubiese ocurrido. ¿Entonces qué? Él quería que fingieran estar comprometidos... ¡pero eso sería llevar la interpretación de la farsa demasiado lejos!

Se recordó a sí mismo que aquella mujer era *Natasha* y que necesitaba seguir recordándolo. Quizá debía pedirle que se cambiara a su ropa normal en cuanto llegaran a la casa y que le preparara un café descafeinado... ella siempre lo hacía cuando él llegaba tarde a casa.

Aliviado al divisar su calle, pensó que tal vez pedirle eso no sería lo más inteligente. No podía saber cómo reaccionaría ella. La antigua Natasha parecía haber desaparecido... perdida en su nuevo corte de pelo y en su moderna y provocativa ropa. Se preguntó si alguna vez la podría hacer volver.

—Ya estamos aquí —dijo mientras el coche se detenía.

Natasha se bajó del vehículo antes incluso de que el chófer pudiera abrirle la puerta. Al entrar en la casa, pensó que ya habían terminado sus obligaciones por aquel día.

Anna estaba acurrucada en el salón, leyendo un gran libro sobre mímica y danza. Al oír a Natasha entrar, levantó la mirada y sonrió.

–Oh, habéis vuelto antes de lo que pensaba. ¿Lo habéis pasado bien?

–Ha sido fantástico –dijo Natasha, mostrando la clase de entusiasmo que pensaba se esperaría de ella.

–Estás un poco pálida –comentó Anna, frunciendo el ceño.

–Estoy cansada –dijo Natasha de manera poco convincente.

–Humm... Yo también –dijo Raffaele, entrando en la sala y abrazando la cintura de Natasha de manera posesiva.

Natasha lo miró y vio un brillo sensual reflejado en sus oscuros ojos. Se le revolucionó el corazón.

–Me parece que nos vamos a ir pronto a la cama, *mia bella* –murmuró él, comenzando a acariciarle la cintura.

–¡Oh, comprendo! –exclamó Anna, levantándose del sillón y sonriendo.

Esbozando una forzada sonrisa, Natasha se apartó de él y se dirigió a Anna.

–¿Está bien Sam? –preguntó.

–Él está bien. Le leí dos cuentos y entonces se quedó dormido. ¡Y no se ha despertado!

–Te acompañaré a tu casa –dijo Raffaele.

–No, por favor, ¡está aquí al lado, en la misma calle! –protestó Anna–. De verdad, ya soy mayor... deberíais ver dónde vivo durante la época de clase.

–Te acompañaré –repitió él obstinadamente.

Una vez se hubieron marchado, Natasha comenzó a arreglar el salón automáticamente... pero al enderezarse, tras colocar unas revistas en la estantería, se vio reflejada en un espejo, quedándose momentáneamente paralizada ante lo que vio. Anna había tenido razón;

tenía la cara pálida y el cansancio se reflejaba en sus ojos.

Se oyó un portazo, y Natasha se apresuró a apartarse del espejo al regresar Raffaele a la sala. Éste tenía una indescriptible expresión reflejada en los ojos. Entonces ella recordó, demasiado vívidamente, la dulzura que había sentido al haberlo besado y las sensaciones que se habían apoderado de ella al haberle acariciado él los pechos.

–¿Qué ocurre, Natasha? –se burló él–. No parece que estés muy contenta.

–¿Era ese espectáculo realmente necesario? –preguntó ella.

–¿A qué espectáculo te refieres? –preguntó él, quitándose la corbata y dejándola sobre la mesa.

–A todo ese toqueteo delante de Anna –contestó ella, resistiendo la tentación de doblar la corbata y tomando la taza que había dejado la niñera sobre la mesa.

Raffaele se encogió de hombros con el brillo reflejado en los ojos al reconocer en la expresión de ella los reveladores signos de la frustración sexual.

–Pero nosotros estamos comprometidos para casarnos, *cara* –protestó inocentemente, mirando cómo se le marcaban a ella sus endurecidos pezones–. ¿O te habías olvidado? Me parece que ya es hora de irnos a la cama, ¿no crees? Oh, y no te olvides de apagar las luces, ¿sí? –añadió antes de marcharse.

Natasha se quedó mirando la puerta, sintiéndose como si acabaran de tener una lucha psicológica.

Y Raffaele había ganado.

Capítulo 8

NATASHA no leyó los periódicos hasta después de llevar a Sam al colegio al día siguiente. Se había quedado dormida y recordó ponerse su anillo de compromiso tras vestirse con otro modelito nuevo de ropa.

Despertó a su hijo y bajó a la cocina a preparar café... con un enorme diamante brillando en su dedo como una estrella. Se preguntó si alguien se percataría de él en el colegio. Hacía tiempo, en el centro escolar, las ricas madres que iban a dejar a sus hijos la habían evaluado y le habían dejado claro cuál había sido su estatus... y aquélla era la razón por la que ella se relacionaba mayormente con las niñeras.

Trató por todos los medios de no reaccionar cuando Raffaele entró en la cocina, saludando con una mano mientras que con la otra estaba teniendo una conversación telefónica en francés por su teléfono móvil. Pero no era fácil. Se preguntó si lo que había ocurrido en la limusina lo había dejado a él tan preocupado como a ella, que no había sido capaz de dormir durante la mayor parte de la noche.

–Está hablando con un banco de París –tradujo Sam mientras se servía miel sobre sus gachas–. Y está muy enfadado.

¡Natasha pensó que no se necesitaba la destreza que tenía su hijo con los idiomas para adivinarlo!

Pero, en realidad, Raffaele podía haber estado cantando en suahili ya que ella no le estaba prestando atención. Estaba demasiado ocupada tratando de no comérselo con los ojos.

Iba vestido con un traje, pero ni siquiera el diseño formal de aquella ropa era capaz de ocultar la sexualidad y masculinidad que irradiaba aquel hombre. Tenía su negro pelo levemente alborotado y era la viva imagen de la vitalidad.

Natasha levantó la cafetera de la manera en que siempre hacía, y él asintió con la cabeza enérgicamente... de la manera en que siempre hacía. Pero ella no sabía si había imaginado ver que él había esbozado una leve mueca y que había fruncido levemente el ceño. E incluso, si era sólo su imaginación, fue suficiente para turbarla. Fue muy consciente de que le temblaba la mano, y derramó un poco de café en el platillo.

Raffaele levantó las cejas durante un momento al colgar el teléfono, negando con la cabeza al ofrecerle ella tostadas.

–*No, grazie* –murmuró–. Extrañamente, esta mañana no tengo mucho apetito. ¡Natasha... has derramado el café! Parece que estás nerviosa... ¿te preocupa algo?

Ella quiso gritar que sí. ¡Que lo que le preocupaba era él! Pero claro, no podía hacerlo ya que Sam estaba sentado delante.

Y entonces, enfureciéndola, ambos comenzaron a hablar en italiano, haciéndola sentirse completamente superflua.

–¿Te queda poco, Sam? –preguntó educadamente al correr el tiempo–. ¿Sí? Entonces ve al cuarto de baño a lavarte los dientes y luego nos vamos.

–Sí, mamá.

Sam se levantó, sonrió a Raffaele, y salió corriendo de la cocina. Natasha tomó una manzana del cuenco donde tenían la fruta y se dirigió a seguirlo.

–Oh, ¿Natasha?

–¿Sí? –contestó ella, forzándose a parecer tranquila.

–Has salido en los periódicos. O debería decir que *nosotros* hemos salido en los periódicos.

Natasha se quedó mirándolo con el corazón revolucionado.

–¿Los has visto?

–Sabes que no me molesto en leer los tabloides –contestó él, emitiendo una risita.

–¿Entonces cómo lo sabes?

–Troy me telefoneó a primera hora. Parece que está contento con los resultados –dijo él, sin revelar nada de su propia opinión–. Puedes comprar los periódicos cuando vuelvas del colegio... si te interesan.

–¡Claro que me interesan! –exclamó ella, dándose la vuelta y percatándose de las ojeras que tenía él–. ¿No te intriga ni siquiera un poco lo que dicen?

–Lo que digan es absolutamente irrelevante... introducir el artículo en el periódico era el principal propósito de todo esto, ¿recuerdas?

Natasha se preguntó si él había dicho aquello para ponerla en su sitio, para recordarle que quizá habían compartido besos y abrazos íntimos, pero que ella seguía siendo la mujer que le servía el café y le ofrecía una tostada.

–Claro que lo recuerdo –dijo.

Se quedaron mirando el uno al otro por encima de la mesa de la cocina. Ella se sentía diferente; seguía vacilando entre poner el mayor espacio posible entre ambos o correr hacia él y echarse en sus brazos para que la abrazara estrechamente y para que volviera a besarla de aquella manera tan dulce... Él le había hecho sentirse como una mujer, una criatura de carne y hueso con unos deseos que había estado escondiendo durante tanto tiempo que casi se había olvidado de ellos.

Se dio la vuelta antes de que él viera que se había ruborizado y adivinara la causa.

—Oh... y una cosa más, Natasha.

—¿Sí? —dijo ella, apartando su erótica memoria de la mente.

—Me han invitado a una fiesta en la embajada italiana el miércoles. Tú, desde luego, me acompañarás.

—Desde luego.

—Y, el próximo fin de semana, tengo una reunión de negocios que terminará siendo social. ¿Tienes tu pasaporte en regla?

—¿Por qué? —preguntó Natasha, dándose la vuelta para mirarlo.

—Porque, *cara mia*, la reunión probablemente será en el extranjero.

—Bueno, pues yo no podré acompañarte —dijo ella, agitando la cabeza.

—¿Oh? —dijo él, frunciendo el ceño—. ¿Por qué no?

—Por Sam desde luego.

—¿Exactamente por qué con respecto a Sam, *mia bella*?

—¡No puedo dejarlo solo durante todo un fin de semana para irme al *extranjero*! Sólo le he dejado con una niñera una noche. Lo sabes.

–Sí, lo sé –dijo él, mirándola profundamente a los ojos–. Y quizá es algo en lo que debas pensar.

–Parece que eso fuese una crítica –dijo ella con voz temblorosa. Sabía que podía soportar lo que fuera menos eso.

De una manera, su vida estaba centrada en las necesidades de Sam... y cualquier desaprobación de ello ponía en entredicho toda su existencia.

–No pretendía que fuera así –dijo él–. Pero quizá os beneficiara a los dos tomaros un descanso el uno del otro.

–¿Estás diciendo que tenemos una relación claustrofóbica? –exigió saber.

–Veo que he tocado un asunto peliagudo –dijo él mordazmente.

–Quizá tú no seas capaz de soportar que las necesidades de otra persona se antepongan a *tus* deseos.

Raffaele casi se rió ante aquello. Casi. Pero se dio cuenta de que aquello no les llevaba a ninguna parte. Había una razón por la cual ambos estaban tan irritados... y era la misma razón por la cual no había podido dormir la noche anterior. Era la necesidad que sentían sus hambrientos cuerpos, que estaban exigiendo ser alimentados... y así sería.

–No tiene sentido discutir sobre esto ya que necesitaré que estés conmigo –sentenció él lacónicamente–. Habla con la madre de algún amigo de Sam para que pase en su casa el fin de semana... será divertido para él, y a ti te vendrá bien descansar un poco. ¿Qué te parece Serge? Se llevan bien, ¿verdad?

Natasha asintió con la cabeza. No se había percatado de que Raffaele se había dado cuenta... pero, como de costumbre, él tenía razón. A Sam le encantaba Serge. Y ella estaba segura de que a los padres del niño francés les agradaría mucho tener a su hijo en casa un par de noches.

Mientras se metía la manzana en el bolso, pensó que pasar un fin de semana fuera, con gente que no conocía y en compañía del hombre con el que estaba fingiendo un compromiso, creaba muchos más problemas.

–¿Se supondrá que tenemos que compartir habitación? –preguntó.

–Oh, Natasha... ¡vamos! –se quejó él–. ¿Tú qué crees? A no ser que vayan a celebrar «el fin de semana de regreso a la castidad», las parejas normales *practican* sexo y *comparten* habitaciones –dijo, sintiendo cómo el impacto del deseo se apoderaba de su cuerpo–. Y no te quedes tan impresionada, *cara*. ¡Tú y yo estuvimos a punto de practicar sexo en la limusina ayer por la noche!

Natasha se quedó mirándolo con el corazón revolucionado.

–¿Cómo te *atreves* a decir algo así? –dijo entre dientes.

Raffaele levantó las cejas, reflejando una sorpresa burlona... se estaba divirtiendo mucho con todo aquello. Pensó que quién iba a haber sabido que ella guardaba un apasionamiento tan grande bajo su apariencia de ser poquita cosa.

–Baja la voz... ¿o es que no te importa que Sam te oiga reprendiéndome?

La miró a los ojos y vio lo indignada que estaba. Entonces la miró las mejillas, que estaban ruborizadas, y bajó la mirada a sus pechos... donde pudo ver a través de la ropa lo endurecidos que tenía los pezones.

–¡Me voy a llevar a Sam al colegio! –dijo ella, aga-rrando su bolso.

–¿Te estás escapando? –se burló él.

–¡Me voy para recuperar la cordura! –contestó ella.

–Bueno, asegúrate de tener el fin de semana libre –dijo él dulcemente.

Aquello pareció más como un ultimátum que como una petición, y la manera en que la miró al decirlo provocó que a ella se le pusiera toda la piel de gallina.

Mientras iban andando por la calle hacia el colegio y buscaban castañas, Natasha trató de concentrarse en la conversación que estaba manteniendo con Sam, pero en todo en lo que podía pensar era en Raffaele. La situación no mejoró cuando, al acercarse al centro escolar, sintió cómo la gente se daba la vuelta para mi-rarla.

Normalmente se sentía invisible, pero no había nin-guna duda de que su cambio de imagen la había con-vertido en una mujer mucho más aceptable... pero lo que la gente estaba mirando era el anillo. Se recordó a sí misma que había sido por eso que lo había com-prado Raffaele y sintió algo irrazonablemente pare-cido a la decepción.

Se despidió de su hijo dándole un beso y observó cómo su pequeño corría por el patio. Entonces vio cómo se acercaba a ella una de las madres con la determina-ción reflejada en la cara. Era una mujer que no se ha-bía dignado a mirarla con anterioridad... una mujer que obviamente era muy buena amiga de su cirujano plástico.

–Hola... eres Natasha, ¿verdad?

Ella asintió con la cabeza.

–Hola. Sí, eso es. Me temo que no conozco su...

Pero la mujer no estaba de humor para presentaciones.

–Alguien ha dicho que Raffaele de Feretti y tú estáis... –dijo la mujer con incredulidad, dejando de hablar al ver el anillo del dedo de Natasha. Le agarró la mano como si tuviera todo el derecho–. ¡Así que es *verdad*!

El tono hostil y la incredulidad que reflejaba la voz de aquella mujer hicieron que mentirle fuese mucho más fácil. Natasha se recordó que estaba haciendo aquello por Elisabetta.

–Sí, es cierto –concedió en tono agradable–. ¡Todo ha sido como un torbellino!

–Pero...

–¿Sí? –preguntó Natasha.

–¿Pero tú no eres su *ama de llaves*?

–En realidad prefiero referirme a mí como su *prometida* –dijo con un brillo semejante al del triunfo reflejado en los ojos.

Pero, mientras se marchaba de allí a toda prisa, se dijo a sí misma que eso no era lo que debería estar sintiendo. No tenía nada de lo que sentirse triunfal ya que nada de aquello era real. Ella simplemente estaba jugando un juego y tenía que recordar que no debía creerse el cuento de hadas.

El pequeño quiosco estaba al lado de la calle principal... era una tienda tan anticuada que Natasha se preguntaba cuánto tiempo lograría sobrevivir en competición con los grandes supermercados que estaban acabando con el pequeño comercio.

En las estanterías de la tienda había jarras llenas de caramelos de colores y había muchas chocolatinas con forma de calabaza en el mostrador... se estaba acercando Halloween.

–Se está poniendo borrascoso –dijo el anciano dueño del local–. Pronto será invierno.

–Oh, ¡no digas eso! –protestó Natasha.

Compró sellos y dos periódicos, pero no los abrió hasta casi llegar a la casa. Pero una burlona voz dentro de ella le dijo que *en realidad no era su casa*. Se preguntó si había sido «el compromiso» lo que le había hecho comenzar a pensar de aquella manera. Un escalofrío le recorrió la espina dorsal al percatarse de que lo que había accedido a hacer había cambiado todo.

Nada iba a volver a ser como antes.

Ojeó el periódico y vio la fotografía... había sido tomada cuando habían llegado a la cena benéfica.

Raffaele la había tomado por el hombro y había acercado la cabeza a la de ella, preguntándole si estaba bien. En una sociedad donde se practicaba sexo con facilidad, había sido la imagen de la preocupación de él lo que había convencido a la gente de que Raffaele de Feretti por fin se había enamorado de alguien.

Decían que la cámara nunca miente, pero no era tan simple como eso. La imagen que había captado aquella cámara mostraba el único sentimiento verdadero que se había dado durante toda la noche; Raffaele se había preocupado sinceramente por ella, y eso había sido lo que había convencido a los periodistas de que aquella relación era *verdadera*.

A Natasha le temblaron los dedos al leer el artículo.

Tras haber estado relacionado con algunas de las más ricas y bellas herederas de Europa, el multimillonario y casanova italiano Raffaele de Feretti, ha dejado a todo el mundo impresionado al haberse comprometido con su ama de llaves, Natasha Phillips. La

*señorita Phillips, de veinticinco años, que es madre
soltera, ha sido fotografiada con su anillo de compromiso... un enorme solitario... en una cena benéfica
ayer por la noche. Si los diamantes son los mejores
amigos de una chica, ¡entonces la afortunada Natasha tiene un colega sin comparación!*

Natasha pensó que era muy extraño leer sobre sí
misma en tercera persona... pero más extraño aún era
ver su fotografía en un periódico de ámbito nacional.
No parecía ella. Parecía una extraña con mucho dinero.

Pero si examinaba la fotografía con detenimiento,
podía reconocer su expresión al haberle asegurado a
Raffaele que estaba bien. Se preguntó si alguien más
notaría la dulce adoración que reflejaban sus ojos al
mirar a su jefe, o si éste iría a descubrir sus sentimientos si examinaba la fotografía con detenimiento. Quizá
simplemente pensaría que ella era una muy buena actriz...

Anduvo despacio el poco camino que le quedaba
hasta llegar a la casa, pensando en lo que había dicho
Raffaele sobre que no pudiera separarse de su hijo.
Había implicado que era más una debilidad que una
virtud y, por primera vez, ella se preguntó si utilizaba
a Sam como excusa para no salir y vivir una vida
plena. También se preguntó si su hijo sería uno de
esos niños condenados a vivir atados a su madre.
Pensó que no le gustaría convertirse en una de esas
madres a las que les molestaba que sus hijos crecieran
y que se marcharan de casa.

Impulsada por aquello, telefoneó a los padres de
Serge y les preguntó si Sam podría quedarse con ellos
durante el fin de semana. Éstos estuvieron encantados.

–*Mais, oui... bien sûr!* –dijo la madre de Serge, riéndose–. Deseas tener un poco de tiempo a solas con tu futuro marido, *oui?*

Aquello afectó la conciencia de Natasha... pero entonces recordó la pálida cara de Elisabetta.

–¿Si no os molesta? –dijo.

–Claro que no nos molesta. Id y pasadlo estupendamente –susurró Madame Bertrand.

Natasha no quería ni pensar en ello y, en vez de eso, comenzó a arreglar la despensa. Le relajaba mucho poner orden cuando todo estaba muy desordenado y, además, le servía de distracción.

Se sintió incómoda con el anillo al meter la mano en un cubo de agua con jabón, así que se puso un par de guantes de goma y sonrió. ¡Si los periodistas del *Daily View* la vieran en aquel momento... lo distinta que estaba a como había salido retratada en la fotografía que aparecía en la página numero cinco de su edición de aquel día! Pero tenía que hacer aquello. Se recordó a sí misma que aquélla era *su realidad*.

Tenía que asumir que una vez acabara toda aquella farsa tendría que volver a su existencia normal, en la cual no la llevarían en caros coches a cenas benéficas ni la besarían italianos de ojos negros que le podían hacer sentir que estaba en el cielo al abrazarla.

El teléfono sonó, y ella se quitó los guantes para ir a contestar.

–¿Natasha?

Aquella voz profunda y con acento le alteró los sentidos.

–¿Sí, Raffaele?

–Cuando fuiste de compras recientemente, ¿no comprarías por casualidad un traje de baño?

—¿Tra... traje de baño? —dijo Natasha, cerrando los ojos al recordar el diminuto bikini que la asesora de imagen le había dicho sería un pecado no comprar.

También había comprado un bañador en color verde que le hacía parecer tener tantas curvas como una serpiente.

—Es una pregunta muy simple —dijo él impacientemente—. ¡Y estoy a punto de entrar a una reunión! ¿Sí o no?

—Sí, compré trajes de baño —dijo ella, tragando saliva—. ¿Por qué?

Raffaele esbozó una sonrisa de satisfacción al otro lado de la línea.

—Entonces será mejor que los metas en la maleta. ¿Recuerdas que te dije que tuvieras el próximo fin de semana libre? —dijo él, haciendo una pausa—. Vamos a ir a Marrakech, *cara*.

Capítulo 9

T E DAS cuenta... –Raffaele hizo una pausa al
verla levantarse y se maravilló de cómo un simple movimiento podía ser tan provocativo. Se
humedeció los labios, repentinamente secos, y repitió–: Te das cuenta de que necesito saber algunos detalles de tu vida.

Natasha se dio la vuelta. Había estado colgando
ropa en la lujosa habitación y tratando de no parecer
demasiado aturdida ante el lujo que les había rodeado
desde que habían aterrizado en Marruecos en el avión
privado de él. Pero no había sido fácil. Ella ni siquiera
había sabido que existía aquel grado de opulencia.

Un coche les había estado esperando para llevarles
a la antigua ciudad de Marrakech, rodeada por sus fa-
mosas murallas de color rojo y repleta de naranjos.

A ella le había costado creer que una ciudad pudiera
ser tan calurosa en octubre y que el cielo pudiese estar
tan despejado. Había respirado la fragancia de aquella
ciudad con entusiasmo tras haber dejado atrás el nebli-
noso otoño inglés. No había salido al extranjero con
anterioridad... algo que a Raffaele le había costado
creer... y aquél habría sido un lugar magnífico donde
empezar a viajar de no haber sido por la preocupación
que tenía sobre compartir la suite con Raffaele.

El lujoso *riad* en el que se iban a hospedar estaba

enclavado en el centro de la ciudad. Era un oasis de comodidad y lujo, con una sala para masajes y sauna, así como también enormes y opulentas suites, situado a pocos minutos de la bulliciosa Medina.

Raffaele no le había contado hasta el final que eran huéspedes de un jeque.

—¿Un jeque *de verdad*? —preguntó ella, impresionada.

—Creo que a Zahid le molestaría que le consideraran un farsante —respondió él lacónicamente.

—¿Te importaría decirme por qué vamos a pasar el fin de semana con un jeque? ¿Cómo es posible siquiera que tú *conozcas* a uno?

Raffaele sonrió.

—Es alguien con quien hago negocios. Una persona que me cae bien. Y él espera que yo traiga una mujer conmigo.

Natasha se preguntó a sí misma a quién habría llevado él consigo si no hubiesen estado fingiendo estar comprometidos. Sintió muchos celos, pero de alguna manera logró que no se reflejaran en su cara. Cada vez ocultaba mejor sus emociones.

—¿No tiene él un palacio? —preguntó.

—Claro que sí. Tiene varios, *cara mia*. Pero él, también, estará acompañado por una mujer. Al igual que tú, ella es occidental... y eso no le gusta a su gente. Así que se lleva a su consorte a otro sitio.

Natasha se preguntó lo que pensaría su «consorte» de que la escondiera como si fuera un secreto del que se sentía culpable. Pero eso no era asunto suyo.

—Y, de todas maneras... —murmuró Raffaele— ya hemos hablado suficiente de Zahid. Ya te lo he dicho... quiero saber cosas de *ti*, *mia bella*.

Natasha negó con la cabeza con incredulidad.

–Pero he estado viviendo en tu casa durante tres años –objetó–. Seguro que sabes algo sobre mí.

Raffaele pudo ver la perplejidad y el dolor que se habían reflejado momentáneamente en los labios de ella, y trató de no ablandarse ante ello. Se preguntó si ella pensaba que le estaba preguntando aquello por un interés personal en vez de por necesidad.

Ver la enorme cama que había en la habitación parecía tentarle por su atractivo y le hacía analizar sus propios motivos... pero así había sido desde que habían llegado a Marruecos. Se preguntaba si la iba a seducir. Y, si lo iba a hacer... ¿cuándo lo haría? Quizá ésa fuera la razón oculta tras su pregunta... una leve distracción mientras se decidía. Tenía que ver si ella era apropiada para seducir... o si sería tan tonta como para pensar que había otros motivos ocultos en ello.

–Necesito saber unos pocos detalles de los que se supone que un hombre enamorado debe saber.

Un hombre enamorado. Sabía que no significaba nada, pero ello no impidió que Natasha sintiera cómo se le revolucionaba su estúpido corazón. A él le gustaba superarse en todo... ¡y quería ser el mejor prometido del mundo! Para él sería intolerable que alguien se enterara de que todo aquello era una farsa... y por eso le estaba preguntando.

–¿Qué es lo que quieres saber exactamente?

–Háblame sobre tu niñez. Sobre el colegio al que asististe. Esa clase de cosas. Toda una vida por descubrir –encogiéndose de hombros, se acercó a uno de los divanes que había en la habitación y se sentó en él–. ¡Si me haces un resumen, acaso puedas contarme las cosas que te gustan y lo que no te gusta antes de que nos llamen para cenar!

Natasha lo miró, preguntándose si aquel desprecio lo había hecho él a propósito, si quería terminar con ello lo antes posible porque ella era muy aburrida.

—Me crió una tía mía...

—¿Y tus padres? —interrumpió él.

Durante un segundo, ella se vio tentada de decirle que, si le seguía interrumpiendo, no le podría hacer «un resumen de todo», pero su instinto de supervivencia le hizo no crear discordia.

—Mis padres murieron siendo jóvenes. Mi tía era mayor.

—¿Y dura?

Natasha suspiró.

—Raffaele... ¿es todo esto necesario? Pensaba que te tenía que hacer un resumen de toda mi vida.

Algo en la leve advertencia que le hizo ella provocó que él hiciera un gesto de dolor, aunque hubo otra cosa que le perturbó aún más. ¡El hecho de que *quería saber sobre ella*! Se preguntó por qué sería. Quizá fuese porque por primera vez en su vida había conocido a una mujer que no estaba deseando contarle todo de ella... salvo sus medidas.

—Quiero saberlo —dijo él tercamente.

—Sí, ella era muy estricta —dijo Natasha—. De hecho, era tan estricta que yo apenas tuve vida social antes de ir a la universidad —miró a los ojos de él y asintió con la cabeza—. Ahí fue donde las cosas comenzaron a ir mal. La libertad me llegó como una espada de doble filo... la deseaba, pero al mismo tiempo me daba miedo. Y, claro, tampoco tenía ninguna experiencia en salir, beber o ir a bailar. La clase de cosas que solía hacer la gente de mi edad.

Raffaele se imaginó cómo había sido ella de niña...

con el aire poco práctico que la había caracterizado hasta haber cambiado de imagen.

–¿Y el padre de Sam?

Ella podía entender el propósito de hacerle un resumen de su vida, pero lo que él no necesitaba saber eran los detalles de *aquello*. El padre de Sam solamente había estado buscando diversión... no había querido ningún compromiso. Y, de alguna manera, ella no había sido capaz de culparle, ya que ella tampoco había estado buscando tener un bebé. Pero los accidentes ocurren... y sólo porque Sam no hubiese sido planeado no significaba que no tuviera todo el derecho de ser amado y apreciado.

–El padre de Sam tiene muchos atributos –dijo con cuidado.

–¿Por qué no ve a su hijo?

–¿Importa eso? –preguntó ella, frunciendo el ceño.

–Quiero saberlo –dijo él, mirándola a los ojos–. Para la investigación, ya sabes.

–Él no quiso saber nada de mi embarazo –dijo ella–. Ni siquiera ha visto a su hijo y tampoco quiere hacerlo.

Raffaele vio cómo ella trató de enmascarar el dolor que sentía con una expresión de orgullo. Algo se le movió por dentro.

–Natasha...

Ella agitó la cabeza ante la expresión de lástima que tenía él reflejada en la cara.

–Pero yo quería el bebé... sin importar cómo fue concebido. Y, en muchos aspectos, es mejor así. Por lo menos no le he hecho pasar a mi pequeño por el conflicto emocional que supone una separación. Sam sólo ha conocido el amor, y yo jamás me he arrepentido de la decisión que tomé... ¡ni siquiera un segundo!

Él admiraba el fuerte espíritu de ella, pero al mismo tiempo la maldecía... Se preguntó si ella no se daba cuenta de que la quería tener en sus brazos, de que la deseaba ardientemente y de que había algo que frenaba su deseo en cada paso que daba.

Al principio había dudado debido a lo inadecuado de su clase social y, en aquel momento, la expresión de la cara de Natasha, que dejaba claro lo difícil que había sido aquella situación para ella, parecía estar frenándole de nuevo.

Se preguntó si sería su *conciencia*.

Frunció el ceño. Debía dejar de ponerse sentimental... ya que nadie podía decir que ella lo era. Natasha había señalado con mucha calma que le venía bien que el padre de Sam no estuviera en sus vidas, así como también había accedido con tranquilidad a fingir ser *su* prometida. Era una mujer pragmática que había demostrado que tenía necesidades de mujer... necesidades que, admirablemente, había reprimido durante los primeros años de vida de Sam.

Pero Sam no estaba allí con ellos. Por una vez, ella no tenía ninguna responsabilidad. Y ellos eran dos adultos que se deseaban el uno al otro... Se preguntó si no se merecían un poco de alivio en forma de explosión pasional.

Él la analizó con la mirada y se fijó en cómo el largo vestido de gasa que llevaba insinuaba su exuberante cuerpo. Llevaba unas sandalias de cuero que dejaban ver la pedicura que se había realizado. Deseó que le abrazara la espalda con sus largas piernas, pero ella lo estaba mirando con tanta cautela como un animal preocupado, y él, que era un maestro en saber elegir el momento, supo que no debía intentar nada.

Se levantó del diván y tomó una chaqueta de lino.

–Voy a reunirme con Zahid antes de la cena... quizá tú quieras refrescarte –dijo, arrastrando las palabras y deseando poder quedarse a mirarla.

Mientras observaba cómo se marchaba él, Natasha se ruborizó, preguntándose si había algunas normas de comportamiento que guardar cuando se compartía una suite con un hombre, quizá había algún código que utilizar cuando se quería utilizar el cuarto de baño.

Esperó a estar segura de que él se había marchado, y entonces tomó su vestido y su ropa interior por si tuviera que ponérsela en la misma ducha si él regresaba repentinamente. Porque, de alguna manera, estar tan atenta le estaba alterando los sentidos.

A pesar de su ridícula falta de experiencia en el sexo opuesto, sabía que él la deseaba; un hombre como Raffaele no podía ocultar la sexualidad que emanaba de cada poro de su cuerpo.

El problema era que ella también lo deseaba a él.

Y eso la dejaba preguntándose si debía satisfacer el mayor deseo de su corazón... o si debía proteger a ese mismo corazón negando lo que sentía.

El cuarto de baño aumentó su inquietud al mismo tiempo que le alteraba los sentidos... estaba repleto de mosaicos y espejos. La bañera que había, llena de agua y enorme, estaba perfumada con costosas fragancias y alguien había dejado pétalos de rosa colocados en cuencos en el borde de mármol.

Pero ella había pasado demasiado tiempo encargándose de satisfacer las necesidades de otras personas como para no disfrutar de aquello. Libertad y lujo... ¡qué placer! Se metió en la bañera y cerró los ojos, enjabonándose los pechos... pechos que sentía muy pesados...

Mientras disfrutaba de la agradable sensación de estar allí tumbada, recordó con claridad erótica el beso que le había dado Raffaele y se inquietó, levantándose finalmente. Se dirigió a la ducha, poniendo el agua tan fría que acabó temblando y, al salir, se arropó con un gran albornoz blanco.

Se puso su ropa interior nueva y un largo vestido de seda. Una vez se hubo secado el pelo y maquillado levemente, fue a mirarse a un gran espejo de los que allí había; la mujer que vio reflejada en él no desentonaba con el lujo de aquella suite. Pero no tenía el aspecto de la Natasha que ella conocía. Tampoco se *sentía* como Natasha. El conjunto de sujetador y braga que estaba estrenando le quedaban como una segunda piel... pero le hacía ser muy consciente de su cuerpo.

Respirando profundamente y diciéndose a sí misma que involucrarse en aquello más de lo que ya estaba sería una locura, abrió la puerta y volvió a la habitación.

Allí vio a Raffaele, que estaba esperándola. Estaba recostado en unos cojines y la escena era muy contradictoria; sexy y apasionada... pero a la vez fría y calculadora. La piel aceitunada de él brillaba como la seda dorada. Y aquellas piernas... Natasha tragó saliva. Eran muy largas. Toda su pose era a la vez lánguida y vigilante...

—He notado que has aprendido a hacer esperar a un hombre, *mia cara* —murmuró él con la aprobación reflejada en la voz.

Natasha tragó saliva de nuevo, deseando que aquella habitación tan grande no le pareciera de repente tan pequeña.

–¿Te... te has reunido ya con el jeque?

–Sí.

–¿Sobre qué habéis hablado? –preguntó ella, acariciando con tensión la suave seda que cubría su muslo.

–¿Quieres oír los detalles sobre el nuevo centro de conferencias que se está construyendo en el país de Zahid?

–No, en realidad no –dijo ella, apartando la mirada–. ¿A qué hora es la cena? –preguntó, levemente desesperada.

–No cenaremos hasta las siete.

–¡Oh! –exclamó, pensando que todavía tenían una hora por delante.

Sesenta largos minutos en un glorioso y tentador confinamiento... junto a él. Se preguntó cómo demonios iba a ser capaz de soportarlo...

–¿Natasha?

La profunda voz de él la sacó de sus pensamientos.

–Natasha, mírame.

A regañadientes, ella hizo lo que él le había ordenado, temerosa de lo que podría leer en su cara... de la nueva tentación que podría encontrar reflejada en ella.

–¿Qué? –susurró.

–Estás muy guapa esta noche, con tu vestido de seda y con tu pelo así peinado, que parece raso. ¿Lo sabías?

Ella deseaba decirle que no jugara con ella, que no la sedujera con sus melosas palabras y con esa expresión de aprobación que la estaba derritiendo. No quería que le dijera que era guapa cuando ella sabía que quien era en realidad era la sencilla y corriente Natasha Phillips. Simplemente había recibido mucho dinero y cuidados.

Pero lo más extraño de todo era que él le hacía sentirse guapa. Como si no fuera un juego, como si lo que decía fuera verdad, como si se lo estuviera diciendo a alguien por primera vez...

Pero eso era una locura.

Con su larga lista de amantes, ¡Raffaele le habría dicho a una mujer que era guapa por lo menos tantas veces como había hecho una nueva toma de poder!

Saliendo del hechizo bajo el cual parecía tenerla él, se forzó en sonreír.

—¿Te las arreglas bien para encontrar las cosas por este enorme lugar? —preguntó.

—No, pero tengo un buen sentido de la orientación.

—¿No crees que deberíamos hacer una gira por la casa antes de cenar? —preguntó ella cándidamente.

A su pesar, él tuvo que aplaudir la manipulación que había hecho ella, reconociendo que el ambiente se había puesto muy tenso y sabiendo que, quizá, hubiese llegado un punto en que no le hubiese quedado otra cosa que hacer que besarla.

Aunque se dijo a sí mismo que estaba planeando besarla de todas maneras.

—¡Qué idea tan maravillosa! —dijo con un oscuro brillo reflejado en los ojos—. Vamos.

Ella lo siguió a la planta de abajo, al patio central de la casa. Lo había visto de pasada cuando habían llegado. El suelo era de mármoles de colores y había unas velas que se movían por la leve brisa que dominaba el ambiente. El cálido aire estaba cargado de una embriagadora fragancia que Natasha no reconoció, pero sintió como si sus sentidos estuvieran volviendo a la vida.

El patio daba a una gran piscina que tenía sus aguas

turquesas iluminadas desde dentro. Ella dio un grito ahogado.

—¡Oh, es precioso! —exclamó.

—¿Sabes nadar? —preguntó Raffaele.

—Claro.

—Más tarde podemos bajar, cuando todos estén durmiendo —sugirió él—. Me podrás demostrar lo ninfa que eres en el agua.

Repentinamente, Natasha se dio la vuelta y comenzó a alejarse, sintiendo el corazón revolucionado y deseando decirle que no hiciera sugerencias como aquélla. Pero tenía miedo de que él fuese a notar el deseo en su voz...

Las pisadas de él eran suaves, pero la estaba siguiendo, y ella apenas sabía dónde iba, sólo veía un laberinto de pasillos, algunos iluminados y otros en penumbra.

Raffaele sabía lo que ella estaba haciendo. El lenguaje de su cuerpo se lo dejaba claro, pero se dio cuenta de que ella no quería que la vieran como cómplice de sus propios deseos. Quería que él la tomara... como habían deseado las mujeres desde el comienzo de la historia.

Sintió cómo se le secaba la boca al acelerar el ritmo y ver que ella comenzaba a andar más despacio. Sería muy fácil alcanzarla. Ridículamente fácil. Entonces se acercó y la tomó por la cintura, dándole la vuelta. Observó cómo ella abrió levemente la boca al mirarlo.

—Natasha —dijo con el deseo endureciéndole la voz.

Los pensamientos se apoderaron de la mente de ella. Comenzó a pensar que podía detenerlo, que *debía* detenerlo, que aquello no iba a llevarla a otra parte que no fuera a que le rompiera el corazón.

Pero también se dijo que aquello era un sueño que ella había deseado con todas sus ganas a pesar de haber intentado que no fuese así.

–Raffaele –dijo entrecortadamente. Sólo con decir su nombre era como concederse un lujo prohibido.

Repentinamente, los labios de él se posaron sobre los suyos, y Natasha permitió que la besara. No se resistió. Había deseado aquello desde hacía demasiado tiempo como para seguir negándolo. Gimiendo al saborear la dulzura de la boca de él, sintió cómo su cuerpo se rindió al introducirla él en un oscuro recoveco.

Capítulo 10

LOS LABIOS de Raffaele eran cálidos y estaban hambrientos... y su cuerpo estaba duro.

—¡Raffaele! —gimió Natasha en su boca, agarrando los anchos hombros de él.

—Lo deseas —dijo él.

Pero entonces se apoderó de ella un último vestigio de cordura.

—El personal de servicio...

—En un lugar como éste les enseñan a mirar para otro lado, *cara* —dijo él.

Ella se preguntó si era así como la veía él... en Londres. En más de una ocasión había tenido que prepararle el desayuno a la mujer que había compartido su cama y después había tenido que desaparecer de su vista cuando su presencia ya no era requerida.

Recordar aquello la alteró... pero no lo suficiente como para detenerla, no lo suficiente como para que dejara de agarrar aquellos musculosos hombros ni para que dejara de suspirar cuando él la atraía aún más hacia sí.

Era como si ella hubiese nacido para ser abrazada por él, para que la abrazara y así pudiera sentir cómo le latía el corazón contra sus pechos. Cerró los ojos al acariciarle él el trasero por encima del vestido, permitiéndole sentir cuánto la deseaba...

–Raffaele –dijo ella, temblorosa.

–Nuestros cuerpos se complementan, *si?* –murmuró él–. Y lo hacen a la perfección.

–Como un puzzle –susurró ella.

–Pero como un puzzle al que le falta una parte esencial –dijo Raffaele, riendo de placer.

Su voz parecía diferente, más profunda y con un propósito. Pero Natasha no tuvo tiempo para ponerse nerviosa ya que un duro muslo estaba separando los suyos... aunque parecía que, en vez de aliviar las ansias de ella, las estaba aumentando.

–¿Te gusta? –quiso saber él mientras le besaba la garganta.

–*¡Sí!* –exclamó ella, tragando saliva.

Raffaele le acarició un pecho en ese momento, incitando el endurecido pezón de ella con su dedo pulgar a través de la tela del vestido y sintiendo cómo se estremecía de placer.

–¿Y esto también te gusta?

–*¡Sí!* –volvió a exclamar ella, que sabía adónde les iba a llevar aquello... y lo estaba deseando.

Había algo en la manera en la que él le tocaba que la incitaba al mismo tiempo que la excitaba... y, repentinamente, ella sintió el urgente deseo de tocarlo a él. Deseaba atreverse a sentirlo de la manera en la que él la estaba sintiendo a ella. Entonces le acarició el pecho, el tenso torso, y él gimió en señal de aprobación.

–*Ancora di piu.* ¡Más! –tradujo Raffaele con voz ronca.

Volvió a gemir al sentir los dedos de ella bajar hacia su sexo... dudando antes de tomarlo entre sus manos, como si estuviera evaluando su cuerpo. Era una situación tan extraña que ella estuviera haciendo aquello...

que estuviera tocándolo de tal manera que había provocado que él tuviera el pene tan erecto como nunca lo había tenido antes... Casi explotó allí mismo...

Acercó la boca al oído de ella, a su brillante pelo perfumado.

—Quítate las bragas —murmuró.

Como loca, ella negó con la cabeza.

—¿No?

—Es...

—¿Qué? —provocó él con la voz ronca.

—Está *mal*... No... no... *deberíamos*.

—¿No deberíamos?

—¡N... no!

Pero las acciones de Natasha estaban contradiciendo sus palabras y, sonriendo, él se agachó para subirle el vestido, acariciándole el muslo al hacerlo. Para él, hacer aquello era tan natural como respirar, como también lo era la reacción de ella; Natasha se estremeció, gritó levemente al tocar él con sus dedos la parte más vulnerable y femenina de su cuerpo.

—¿Estás segura de que no debemos? —instó él mientras apartaba sus dedos.

Entonces oyó el pequeño sonido de queja que emitió ella.

—No... quiero decir que sí... quiero decir...

Pero Raffaele sabía perfectamente lo que ella quería decir y comenzó a quitarle las bragas. Estaba tan erecto que le estaba doliendo el sexo.

En ese momento un leve timbre comenzó a sonar.

Ambos se quedaron paralizados, y Natasha fue la primera en reaccionar... tratando de apartarse de él. Pero Raffaele la sujetó con fuerza.

—¡Suéltame!

Él podía oler el embriagador aroma del deseo que sentía ella y acercó los labios a su lóbulo de la oreja.

—Permíteme que primero te haga mía.

Era tan indignante que parte de ella se excitó ante la vergonzosa exigencia de él... pero quizá era natural al haberle susurrado él con aquella voz tan aterciopelada. Quizá incluso debería estar agradecida de que él se lo hubiese dicho... porque, aunque estaba increíblemente excitada, la manera tan sexy y tan casual en la que él había dejado claras sus intenciones le hizo recobrar la cordura.

—¡Raffaele! Tenemos que dejarlo —instó, furiosa. Comenzó a ponerse la ropa en su sitio. Se llevó las manos a las mejillas para tratar en vano de calmarse.

—¿Por qué? —exigió saber él, levantando las cejas imperiosamente.

—¿Por qué crees? ¡Porque nuestro anfitrión nos está llamando para la cena y nos estará esperando!

—Zahid lo comprenderá —dijo él, encogiéndose de hombros.

Aquella excusa ofendió aún más a Natasha.

—Bueno, quizá él lo entienda, pero sería de muy mala educación y yo no lo toleraría.

Raffaele se quedó mirándola, tratando de ver la situación desde el punto de vista de ella. Y entonces comprendió. Ella no sólo estaba pensando en su reputación... y tenía que admitir que él mismo no había pensado con claridad. Natasha estaba preocupada por toda la gente que estaría esperando para servirles lo que, sin duda, sería una cena maravillosa.

Él estaba acostumbrado a que la gente esperara por *él*, pero para Natasha la situación era la contraria. Ella siempre estaba esperando para cumplir sus deseos y órdenes. Pero aquel fin de semana era distinto. ¡Él le había dicho que fingiera ser otra persona, y ella estaba obedeciendo al pie de la letra!

No sabía dónde, pero ella había adquirido todos los altivos atributos que la convertían en alguien creíble como su novia. Le estaba diciendo lo que tenía que hacer y, por la expresión de su cara, supo que no sería capaz de hacerle cambiar de idea. Por lo menos no en aquel momento.

Asintió con la cabeza y salieron de nuevo al patio, pero la frustración se había apoderado de su sangre... y algo sobre la manera en la que ella le había reprendido le perturbaba.

Había pensado que no estaban al mismo nivel... pero Natasha le acababa de demostrar lo contrario. Él ni siquiera recordaba la última vez que una mujer le había dicho lo que tenía que hacer. Desde luego que no había ocurrido mientras él había sido adulto.

Y jamás una mujer le había impedido hacerle el amor.

El timbre sonó de nuevo y ambos anduvieron en la dirección de donde lo habían oído. Pero justo antes de hacerlo, él la había tomado del brazo... habiendo oído la profundidad de la respiración de ella.

—Muy bien —susurró, dándose cuenta del poder que ejercía sobre ella con una silenciosa satisfacción—. Cenaremos y jugaremos a ser unos huéspedes muy atentos... pero no dudes ni por un minuto lo que pretendo que hagamos más tarde, una vez nos podamos excusar. Tendré que pasar la noche regalándome la vista al ver tus labios, enrojecidos de tanto besarme, *mia bella*. Tendré que imaginarme el sentir tu piel desnuda contra la mía y maldeciré a ese maldito timbre por no haber sonado unos pocos minutos después, ¡cuando yo debería haber estado dentro de ti y ningún poder sobre la tierra podría habernos separado!

Aquel alarde sexual debería haber horrorizado a Natasha, pero no lo hizo. Lo que ocurrió fue que se le aceleró el pulso y que sintió cómo se derretía, pero lo escondió tras una atroz mirada. El enfado era mucho más seguro que mostrar lo vulnerable que se sentía por dentro.

–¿Me llevas a cenar? –dijo en voz baja.

Él vio reflejada en la mirada de ella una expresión que ya había visto antes... la noche que la había conocido. Era una mezcla de desafío y orgullo.

–Sí, te voy a llevar a cenar –respondió–. ¡Pero no puedo esperar a que termine! Porque una vez cenemos, ambos sabemos lo que ocurrirá.

Natasha no se atrevió a desafiarle debido a la tensión que reflejaba la poderosa figura de él. Por no hablar de que temía que él tuviera razón y que ella no fuese capaz de resistírsele.

Se preguntó si, aparte de su corazón, también había perdido la razón...

–¿Cómo se supone que debo referirme al jeque? –preguntó con preocupación, tocándose el pelo y preguntándose si lo tenía muy despeinado.

–Puedes llamarle por su primer nombre... una vez que él te dé permiso para hacerlo –dijo Raffaele, haciendo una pausa–. Y tienes el pelo muy bien.

En ese momento apareció un miembro del personal de servicio que les indicó que debían seguirlo. Natasha se preguntó cuánto habría oído el hombre pero, al llegar a la azotea de la casa y ver la maravillosa escena que tenía delante, se olvidó de todas sus dudas.

Elegantes lámparas iluminaban el ambiente mientras unas preciosas mesas bronceadas invitaban a sentarse a ellas en unos divanes no muy altos. Se podía ver toda la ciudad y, sobre ella, un cielo azul índigo plagado de estrellas e iluminado por la luna. Se quedó deslumbrada ante tanta belleza.

Entonces oyó el susurro de alguien que se aproximaba y se percató del aumento de actividad del personal de servicio. En ese momento llegó el jeque, vestido con un brillante traje y peinado con un tocado. Miró a Natasha con mucha curiosidad.

Instintivamente ella hizo una reverencia y levantó la mirada a continuación, esperando que el jeque le dijera algo.

—¿Quién es ella? —preguntó el autocrático hombre, despidiendo al personal de servicio con la mano.

Se había dirigido a Raffaele... como si ella no pudiese hablar.

—Ésta es Natasha.

—Ah —dijo el jeque, cuyos ojos eran como dos ascuas de azabache—. ¿Es tu novia?

—Sí.

El jeque la examinó pensativamente, ¡como si ella fuese un objeto en venta en el mercado!

—¿Te das cuenta de cuántas mujeres desearían estar en tu lugar? —preguntó por fin.

—Todos los días doy gracias por mi suerte —dijo ella recatadamente.

Ante la sorpresa de Natasha, el jeque se rió y ella pudo ver cómo Raffaele fruncía el ceño.

—¿Qué tal está tu hermana? —preguntó el jeque con un inesperado dulce tono de voz—. Tengo entendido que está un poco enferma.

Raffaele asintió con la cabeza.

–Está recibiendo el mejor tratamiento posible... y los médicos me han informado de que se está recuperando bien. Hablé con ella esta mañana, y desde hacía mucho no la había sentido tan optimista.

–Es excelente. Natasha... llámame Zahid. Y ahora... sentémonos. No podemos comenzar a cenar hasta que no llegue nuestro último invitado, pero bebamos algo entre tanto. ¿Quieres champán?

Natasha agitó la cabeza. Le tentaba, pero sabía que no debía... ya que necesitaba tener la cabeza despejada si pretendía resistirse a Raffaele... y era vital para su salud mental que lo hiciera.

–Preferiría beber algo suave, si tenéis... Zahid –dijo vergonzosamente.

Raffaele observó cómo Zahid dejó claro su aprobación ante aquello y dio una palmada autoritariamente. El personal de servicio apareció de nuevo, llevando una bandeja con copas rojas y otra con frutos secos. Se quedó mirando con una mezcla de desconcierto y frustración cómo ella comenzó a abrirse ante el jeque, ante las inusitadas amables preguntas de éste...

Nunca antes la había visto bajo aquella luz, pero claro, hasta hacía poco ni siquiera la había mirado con detenimiento, hecho que en aquel momento parecía inconcebible. Con su largo vestido, ella lograba parecer a la vez modesta y extremadamente sexy, pero eso tampoco debería sorprenderle. Ella era una mujer joven, con piel clara y ojos brillantes... y con una figura firme y fértil.

Las ansias que le estaban devorando por dentro se intensificaron y, repentinamente, sintió no sólo ardiente deseo sexual, sino también algo muy parecido a los *celos* al ver a Natasha sonriendo ante un comentario que había hecho Zahid. Se preguntó si el príncipe del desierto estaba coqueteando con ella.

Pero en ese momento el cuarto invitado llegó y Raffaele se levantó, percatándose de que Zahid no lo hizo... que, de hecho, apenas le dirigió una mirada a la recién llegada.

La mujer que llegó sin apenas hacer ruido no era el prototipo de diosa rubia que le gustaba al jeque. Tenía el pelo marrón oscuro y la cara pálida.

—Llegas tarde —le dijo Zahid.

—Perdóname —se disculpó la mujer, mirándolo con recriminación—. Zahid... ¿no nos vas a presentar?

—Éste es Raffaele de Feretti, un colega de negocios, y ésta es su novia, Natasha...

—Phillips —introdujo Natasha al darse cuenta de que seguramente Raffaele no lo sabía.

—Ésta es Francesca —continuó Zahid.

—Hola —dijo la mujer, sonriendo.

Natasha se percató de que no les dijo quién era Francesca ni qué relación les unía. ¡Ni siquiera les había dicho el apellido de la mujer! Lo que estaba claro era que aquella mujer hacía caso omiso del silencioso enfado de Zahid.

Mientras hablaba con el jeque y con la enigmática Francesca, con quienes era muy fácil conversar, notó cómo Raffaele la estaba mirando. Y, aunque lo intentó, no pudo evitar que su cuerpo reaccionara ante aquel escrutinio.

Se preguntó si él se estaría dando cuenta de que le estaba poniendo la carne de gallina y de que sus pechos estaban ardientes de deseo, como si no quisiesen otra cosa que ser tocados y besados por él. Pero, aunque lo supiera, lo que no sabía era cómo le había robado el corazón...

Sintió que su amor por él era más fuerte que nunca, y se sintió debilitada ante el deseo que le recorría el cuerpo. Era como si quisiera hacer desaparecer a todos los demás que allí había y quedarse a solas con Raffaele para que la tumbara en el suelo y... y...

Pero supo que él se había percatado de lo inquieta que estaba ella ya que la estaba mirando de manera provocadora...

—¿Natasha? ¿Quieres probar este sorbete de mango? —preguntó Francesca—. Apenas has comido nada.

—Natasha no tiene mucho apetito —dijo Raffaele con un travieso brillo en los ojos—. Me pregunto por qué.

Consciente de que todos la estaban mirando, Natasha aceptó lo que le ofrecían. Por lo menos el sorbete estaba deliciosamente helado...

No dejaba de pensar en que el tiempo estaba pasando y que en poco rato tendría que volver a la enorme suite que compartía con Raffaele. ¿Y entonces qué...?

Tras probar un poco de los deliciosos manjares que les ofrecieron, observó cómo el jeque cerraba los ojos y pensó que tenía aspecto de estar muy cansado.

—Me vais a perdonar si me retiro —dijo Zahid. Entonces miró a Francesca—. Vamos.

Francesca vaciló un poco antes de levantarse. Entonces sonrió forzadamente a Raffaele y a Natasha.

—Perdonadme —murmuró antes de marcharse.

El silencio que se creó pareció inmenso.

Natasha no sabía qué hacer, dónde mirar, cómo comportarse... pero parecía que Raffaele no tenía tantas reservas... sus movimientos fueron decisivos.

Se acercó a ella y le tomó la mano, llevándosela a la boca y besándole los dedos sin dejar de mirarle a la cara.

—¿Vamos a la cama, Tasha? —preguntó suavemente.

A ella se le revolucionó el corazón al levantarla él. A no ser que decidiera dormir allí mismo, parecía que no tenía más alternativa.

—Está bien —dijo, tratando de mostrar una renuencia que en realidad no podía sentir.

Mientras seguía a Raffaele hacia la suite, se dijo a sí misma que no tenía que hacer nada.

Pero, una vez dentro, la puerta se cerró con suavidad tras ellos...

Capítulo 11

FRUNCIENDO el ceño, Raffaele observó la expresión de la cara de Natasha. Nadie diría que aquélla era la misma mujer que hacía pocas horas había estado gimiendo de placer en sus brazos. Se comportaba de forma precavida. Cautelosa. Le estaba dejando claro con el lenguaje de su cuerpo que no se acercara.

–Bueno, yo no sé tú... pero yo estoy agotado –dijo él, quitándose los zapatos y dirigiéndose al cuarto de baño.

Pero antes pudo observar la expresión de estupefacción que reflejó la cara de Natasha, y se preguntó si ella le creía capaz de saltar sobre ella cuando estaba claro que no lo deseaba.

Mientras se duchaba estaba muy excitado. Al finalizar se puso unos calzoncillos de seda y regresó a la habitación.

Como había sospechado que pasaría, Natasha estaba ya recostada a un lado de la cama, tapada hasta la barbilla con la sábana. Estaba fingiendo que estaba dormida, y él se quedó mirándola durante un rato.

–Sé que estás despierta, *cara* –dijo suavemente–. ¿Quieres que duerma en el diván?

Natasha abrió los ojos y deseó no haberlo hecho ya que ver a Raffaele vestido sólo con aquellos calzoncillos le estaba trastocando el equilibrio. Nunca se había dado cuenta en realidad del magnífico físico que tenía él... Pero claro, nunca antes lo había visto casi desnudo...

Y, aunque sabía que era grosero quedarse mirando a la gente, no podía apartar su mirada del perfecto cuerpo de él, de sus anchos hombros, de sus poderosos muslos, de su perfectamente definido pecho.

Él esbozó una sonrisa que era casi cruel.

—Te he hecho una pregunta, *bella*.

Natasha parpadeó, aturdida ante la proximidad de él y por la manera en que le latía el corazón.

—¿Lo... lo has hecho?

—Te he preguntado si preferías que duerma ahí —dijo él, mirando con bastante desdén al diván.

—No parece justo, ¿verdad? Quiero decir que parece muy incómodo —dijo, mirándolo a los ojos—. Quizá...

—¿Quizá qué? ¿Te vas a ofrecer tú a dormir en él? ¿Es eso, *bella*?

Ella, nerviosa, miró el gran espacio que restaba en la cama.

—Bueno, es una cama grande. Quizá...

Raffaele frunció el ceño, preguntándose si ella era tan ingenua.

—¿Eso crees? No hay cama lo suficientemente grande para un hombre y una mujer si ambos están tratando de negarse algo que ambos desean.

—¿Qué estás diciendo, Raffaele?

—Estoy diciendo que no te voy a tocar. Por lo menos no intencionadamente... no si eso es lo que has decidido que quieres. Pero si te me acercas en medio de la noche y entonces dices que fue porque estabas «dormida»... o si me abrazas y después dices que estabas teniendo una pesadilla... bueno, no te puedo garantizar que responda de la manera en la que lo haría un *caballero*.

–¿Qué estás diciendo, Raffaele? –preguntó ella de nuevo, estremeciéndose bajo las sábanas.

–Estoy diciendo que te voy a hacer el amor –dijo él, sintiendo su dura erección–. A no ser que me digas categóricamente que no quieres.

Se creó un tenso silencio. Ambos se quedaron mirando el uno al otro. Él no la amaba. Nunca la amaría. Ella era un miembro del personal de servicio, la madre de un hijo ilegítimo. La relación que había entre ambos, si se podía llamar así, era de necesidad. Sólo en aquel momento estaba amenazando con mezclarse con el deseo...

Raffaele le iba a romper el corazón. No dejaba de repetírselo una y otra vez... como si fuera un hechizo. Le iba a romper el corazón.

Pero los oscuros ojos de él, así como su duro cuerpo, ejercían una atracción más grande que cualquier hechizo, sin importar lo importante que éste fuera... y en todo en lo que podía pensar Natasha era en que no iba a tener otra oportunidad como aquélla, que él no se lo propondría nunca más. Se preguntó si podría vivir el resto de su vida sabiendo que había estado tan cerca de haber cumplido sus sueños nostálgicos y que no había seguido adelante con ello.

–Así que dime que no quieres y pongamos fin a esto –dijo él crudamente.

Se creó un breve silencio.

–No puedo hacer eso –dijo ella finalmente.

Pero él necesitaba estar seguro. No quería que a la mañana siguiente ella le recriminara lo que habían hecho.

—Dilo —le ordenó él con voz ronca.

Natasha se preguntó si él se sentiría victorioso si ella le suplicaba. Tragó saliva.

—Te deseo.

Las ansias que había estado sintiendo él se intensificaron, pero fue la sinceridad que reflejaba la voz de ella lo que más le conmovió...

Se quedó mirándola, admirando su hermoso cabello y sus bellos ojos azules.

Se acercó y apartó las sábanas. Ella se quedó allí, temblando, vestida con un camisón de satén. Él agarró el cinturón...

—¿Te quitas esto?

—No —dijo ella, negando con la cabeza y diciéndose a sí misma que todo aquello era demasiado técnico.

—¿No?

Repentinamente, Natasha sintió que no le importaba la imagen que fuera a dar... ya que si aquélla era la noche con la que tanto había soñado no iba a ser vergonzosa y le iba a transmitir a él sus deseos...

—Primero bésame —susurró—. Por favor, simplemente bésame.

—¿Que te bese? —dijo él, que inesperadamente sonrió—. ¿Eso es todo?

Se echó sobre ella, despacio, como si se estuviera moviendo a cámara lenta, y pareció una eternidad hasta que sus labios se tocaron. Cuando lo hicieron, para Natasha fue como todos los libros decían que debía ser. Una suave explosión, el despertar de un deseo tan intenso que gimió, rindiéndose, y lo abrazó por el cuello, acercándolo aún más a ella. Sintió cómo el pecho de él presionaba sus pechos.

A Raffaele le impresionó el repentino fervor de

ella, le excitó la contradicción que representaba ella... era reservada pero extremadamente apasionada... y la besó con una pasión igual a la que estaba recibiendo, abrazándola y entrelazando las piernas de ambos. Sólo sus calzoncillos y el camisón de ella separaban la desnudez de sus cuerpos y, por primera vez, él se deleitó en esas sensuales barreras.

Lujuriosamente, acarició el cuerpo de Natasha a través de la seda de su camisón, oyéndola gemir de placer.

Ella le tocó a él de una manera en la que nunca antes había tocado a un hombre... con una cierta deliciosa libertad e inhibición. Se deleitó al tocarle la piel, la decadente sensación de un duro músculo bajo una suave piel. Le acarició el estómago y las duras curvas que le cubrían las costillas.

Raffaele se estremeció... ya que aquello parecía casi *demasiado* íntimo. Aquella mujer era *Natasha*. La dulce y responsable Natasha, que, según parecía, ¡se había convertido en una dínamo en la cama!

Gimió al quitarle el camisón. Lo apartó y admiró el desnudo cuerpo de ella, viendo cómo instintivamente fue a cubrirse los pechos. Pero se lo impidió.

–No, *mia bella* –dijo–. No seas vergonzosa... la vergüenza no tiene cabida entre un hombre y una mujer. Deja que te vea. Sí. Deja que te vea. Eres preciosa, ¿lo sabías? Muy, muy hermosa.

Tenía la piel muy blanca y los pechos grandes, con pezones rosados y... oh, muy tentadores. Bajó la cabeza y comenzó a mordisquear uno de sus pezones, emitiendo un pequeño gemido. Oyó cómo ella gemía a su vez y sintió cómo se retorcía de placer en su boca.

Entonces fue algo parecido a interpretar un viejo y

familiar baile... pero de una manera completamente distinta, como si alguien le acabara de enseñar unos movimientos nuevos. Se preguntó si era porque la conocía que se sentía tan *extraño*... tan particular. O si sería porque ella lo conocía a *él*. Por primera vez no se podía esconder tras la imagen que quería presentar a las mujeres con las que se había acostado... Natasha le conocía demasiado bien. Le había visto enfadado y triste... incluso vulnerable. Le había visto en todos los estados de ánimo.

Sintió una puñalada de algo y se preguntó si era ira... ya que, de alguna manera, ella lo estaba viendo desnudo en todos los sentidos de la palabra. Le iba a ver perder el control cuando sintiera un orgasmo... en ese momento en el que un hombre es tan débil como sólo lo será en el momento de su muerte.

Y Raffaele se deleitó en ese repentino enfado, ya que significaba que podía hacer lo que mejor se le daba... darle placer a una mujer. Sabía perfectamente cómo atraer y cómo tentar a la mujer, cuándo avanzar y cuándo retirarse un poco. Conocía todas las partes del cuerpo donde ella sería más sensible.

Le dio placer con su mano y luego comenzó a hacerlo con su boca, era un artista en ello. Con una especie de adusta satisfacción oyó el primero de los profundos gemidos de ella incluso antes de haberla penetrado.

Pero aun así prosiguió con su propia satisfacción.

Tras disfrutar de aquel orgasmo, Natasha se quedó allí tumbada, aturdida, sintiendo cómo sus sentidos explotaban... pero sintió que él estaba tenso. Y no sabía por qué. Había pasado de ser el hombre que obviamente la deseaba, que la deseaba con tantas ansias, a

repentinamente cambiar de actitud y estar casi refre-
nándose.

Mirándolo, le acarició los labios con sus dedos,
para a continuación hacerlo con la boca, forzándolo a
que la besara profunda y apasionadamente, incitán-
dole a que se dejara llevar, a relajarse. Sintió cómo él
suspiraba y cómo la tensión abandonaba su cuerpo...
oyó cómo exclamó algo en italiano, algo que ella no
entendió.

Raffaele se colocó sobre ella, levantó la cabeza y
se quedó mirándola durante largo rato. Entonces le
tomó la cara con las manos, como si estuviera enmar-
cando una fotografía.

—Tasha —dijo antes de penetrarla.

Fue como nada de lo que ella había experimentado
antes. Jamás.

Fue... estupendo. Completo. Como si la parte vital
de un puzzle acabase de ser encontrada. Se preguntó si
Raffaele no había dicho eso mismo con anterioridad.
Pero claro, él se había referido al aspecto físico, mientras que para Natasha era algo emocional. Más que
emocional. Lo miró a los ojos justo antes de que unas
grandes olas de placer se apoderaran de su cuerpo...

—¡Raffaele! —sollozó.

Entonces sintió cómo él se ponía tenso y comenzaba a estremecerse.

Parecía que el orgasmo de él no tenía fin... le estaba dejando roto de puro placer... Una vez pasó, se
acurrucó en ella, besándole la cabeza casi indulgente-
mente... como si *ella* hubiese hecho algo especial.

Fue sólo cuando algo desconocido le despertó durante la noche que Raffaele entró en razón. Se apartó
de ella silenciosamente, aguantando la respiración

para ver si ella se había despertado. Pero no lo había hecho. Se puso unos pantalones vaqueros, una camiseta y salió de la suite. Tratando de hacer el menor ruido posible, salió a la azotea de la casa.

Admiró uno de aquellos panoramas inolvidables que hacían que la gente se regocijara con el simple hecho de estar vivo y poder verlo... Las estrellas estaban siendo borradas del cielo por la rosácea bruma del amanecer.

Se quedó mirando el exótico horizonte que tenía delante, donde las esbeltas torres de los minaretes se levantaban con un brillo majestuoso en contraste con el creciente tono dorado del sol.

Bueno... Lo había hecho. Se había acostado con Natasha y, probablemente, había practicado el sexo más fantástico de toda su vida. Había obtenido lo que había querido... como siempre hacía.

Pero se preguntó qué iba a pasar a continuación.

Se apoyó en la balaustrada, apenas notando lo fresco que estaba el aire matutino ni lo frío que estaba el mármol bajo sus desnudos pies.

En aquel momento, por primera vez en su vida, no estaba seguro de qué hacer. Se preguntó si se había equivocado al perseguir algo que sabía que ambos habían estado deseando, si debía haber empleado su experiencia y detener aquello antes de que hubiese llegado a aquel nivel. Pero lo más inquietante de todo era cómo iba a soportar Natasha lo que había ocurrido.

Agitando la cabeza con incredulidad y levemente aturdido, suspiró. ¿No era la mayor ironía posible que una mujer que era el potencial de la amante perfecta fuera la única mujer con la que sería imposible tener una relación?

Pero sólo con pensar en el suave y perfumado cuerpo de ella la deseaba de nuevo. Se sentía... *insaciable* de ella. Pero se planteó si era porque sabía que aquella aventura no podía durar mucho...

Se humedeció los labios y se acercó a las escaleras de la azotea.

Las decisiones podían esperar. Todo esperaría. Y, mientras tanto, la iba a hacer suya de nuevo... de la manera más satisfactoria posible.

Capítulo 12

NATASHA se estiró perezosamente, adormilada... acurrucándose entre las sábanas y recordando la noche anterior. Una cálida noche marroquí...

Abrió los ojos y miró a su alrededor, pero no había señal de Raffaele. Bostezando, se sentó en la cama y miró su reloj. ¡Eran las diez de la mañana! Se preguntó cómo podía haber dormido tanto.

Pero en realidad era normal ya que no habían dormido mucho durante la noche. De hecho, parecía que el fin de semana había pasado en una nube de noches sensuales y perezosas, así como de eróticas mañanas. Tras soler desayunar tarde, habían salido a visitar la ciudad con Zahid y Francesca. Siempre habían ido seguidos por un par de guardaespaldas, pero los largos vestidos que llevaba el jeque le permitían mezclarse con la gente de la ciudad. ¡Natasha se había preguntado qué dirían los turistas si supieran que un jeque árabe estaba andando entre ellos como si nada!

La ciudad era muy exótica y estaba amenizada por tambores y encantadores de serpientes. A Natasha le encantó el Palacio Badi y las tumbas de Saadian, así como los zocos y los increíblemente hermosos jardines que rodeaban la ciudad. Era un lugar maravilloso.

Después de comer, habían acostumbrado regresar

al *riad*, donde Raffaele y ella se retiraban para dormir la siesta... había algo muy decadente y maravilloso sobre el hecho de poder irse juntos a la cama por la tarde tan libremente... Pero no sólo habían ido a la cama. Los cojines que había en los divanes habían actuado como un remanso de paz para sus cuerpos, al igual que el frío mármol del suelo había contrastado tan eróticamente con la acalorada delicadeza de sus excitadas carnes...

En una ocasión se había acercado a mirarse en el espejo y había oído a Raffaele moverse tras de ella. Había levantado la cabeza y había visto la intensa mirada que habían reflejado los ojos de él... una mirada que había dejado claro sus intenciones sexuales. Entonces Natasha había sentido cómo él le exploraba el cuerpo y, al igual que ella, la había mirado a través del espejo y había visto cómo se le dilataban las pupilas debido al gran placer que había sentido al haberla penetrado.

Natasha también se había convertido en una atrevida y se sentía libre para tocarlo de la manera en que lo había deseado hacer desde casi el momento en que lo había conocido.

Le había encantado ver aquella autocrática cara dulcificarse bajo sus labios, ver cómo él se perdía en aquel dulce momento de alivio. Había pensado que se podía acostumbrar a aquello.

Un ruido la hizo dejar de estar absorta en sus pensamientos y levantó la mirada para ver a Raffaele entrar en la habitación. Llevaba consigo una bandeja con zumo y café. Ella se percató de que él ya estaba vestido y afeitado, ante lo que se le revolucionó el corazón.

Se preguntó si aquel fin de semana había cambiado algo, si él se había dado cuenta de lo que ella sentía en realidad... que entre ambos había algo muy especial, algo real y sin conexión con la razón inicial por la que habían iniciado todo aquello. Se preguntó si él estaría dispuesto a reconocerlo.

–Buenos días –dijo ella vergonzosamente.

–Hola –dijo él, que mientras ponía la bandeja sobre la mesilla reconoció la expresión de la cara de ella.

Sintió el corazón acongojado y pensó que aquello era lo que hacían las mujeres. Eran como fieros y exigentes tigres en la cama y entonces se volvían tímidas. Querían que les reafirmaran que las deseaban de igual manera por la mañana.

Pero él sabía que debía tener mucho cuidado. Si se les reafirmaban demasiadas cosas se les daba una idea equivocada... y él no podía permitirse hacer eso. No con Natasha... con la que ya había roto todas las normas...

–¿Quieres un poco de café?

–Preferiría que volvieses a la cama –dijo ella dulcemente.

Raffaele sonrió frágilmente y se forzó a permanecer donde estaba... aunque su cuerpo ansiaba más de la dulzura de ella.

–Bueno... me temo que vas a tener mala suerte... tengo que realizar un par de llamadas telefónicas antes de salir para el aeropuerto –dijo.

–¿Llamadas telefónicas?

Él frunció el ceño al percibir el tono de objeción en la voz de ella y se preguntó si Natasha pensaba que aquello era una luna de miel, si se había olvidado de que estaban actuando y de que lo que había ocurrido era que se les había ido un poco de las manos debido a la química sexual que él había tontamente alimentado.

—En realidad *tengo* que trabajar —dijo con una severa voz.

—Claro que sí —se apresuró a decir ella, sintiendo cómo regresaba a su antiguo papel.

La obediente Natasha. La dócil Natasha.

La fría distancia que reflejaban los ojos de él hizo que a ella le diera un vuelco el corazón debido al terror que sintió. Se suponía que las cosas no debían ser de aquella manera... no después de lo que había ocurrido entre ambos. Seguro que ni él podía negar que habían estado increíblemente bien juntos, que lo que había comenzado como una farsa se había convertido en algo muy diferente.

Pero entonces se dijo a sí misma que quizá la manera en la que le había hecho sentir, como si fuese la única mujer en el universo, y las cosas que le había susurrado mientras habían hecho el amor era lo que le decía a cada nueva mujer con la que se iba a la cama.

—Te dejaré a solas para que te vistas —dijo él.

—Sí.

—Desayunaremos en la azotea con Zahid y Francesca. Te veré allí. Ahora ya sabes ir sola, ¿no?

Natasha pensó que él no podía siquiera esperar para alejarse de ella.

—Creo que me las podré arreglar sin un mapa —dijo en tono agradable. No pretendía que él viera lo dolida y enfadada que estaba. Pero, en realidad, su enfado era consigo misma... por permitirse sentirse herida.

Tenía que reconocer que Raffaele no le había prometido nada.

Forzó una sonrisa, dándose cuenta de que él no la había tocado. No la había besado. Ni la había mirado. Ni le había comentado nada. No le había indicado que ella le importara.

Esperó a que él se hubiese marchado antes de beberse el café y de pensar en la mejor manera de manejar todo aquello. Como iban a regresar a Inglaterra, él estaba trabajando duro para restablecer los límites entre ellos y había decidido que lo que había ocurrido había sido un error.

Podía seducirlo... o suplicarle que le hiciera el amor.

O podía mantener su orgullo y dignidad, encogiéndose de hombros como si no importara... aunque sintiera como si su corazón se estuviera rompiendo en mil pedazos.

Se duchó y se vistió, admitiendo que el maquillaje servía para algo más que para acentuar las facciones bonitas de las mujeres. Era una máscara bajo la que te podías esconder... y ella necesitaba desesperadamente algún tipo de camuflaje aquella mañana...

Se puso un vestido blanco y se arregló el pelo en un moño en lo alto de la cabeza.

Pero mientras subía a la terraza se sintió nerviosa y se preguntó qué iría a ocurrir.

Ambos hombres estaban a solas, conversando. Cuando la miraron, a ella le pareció ver una especie de *culpa* reflejada en las caras de ambos... aunque también pensó que se estaba volviendo paranoica.

Pero entonces Zahid, como para compensar el inconfundible frío lenguaje del cuerpo de Raffaele, se inclinó ante ella y dio unas palmas para que sirvieran el desayuno.

–¿Dónde está Francesca? –preguntó ella.

—Está en su habitación y, desafortunadamente, no nos acompañará —dijo Zahid.

—¿Oh? —dijo Natasha—. Es una pena.

—Desde luego que lo es —dijo el jeque con mucha labia—. Pero te manda sus mejores deseos y se despide de ti. Yo le he dicho a Raffaele que debe llevarte a visitar mi país, cuando lo desees.

—Creo que Natasha ya ha tenido suficiente con este viaje para mucho tiempo... no es así, *cara?*

Ella casi se atragantó con un fruto seco, pero, por lo menos, masticarlo le permitió centrarse en ello y así evitar que su enfado la superara. Se preguntó cómo se atrevía él a tratarla como una especie de mercancía a la que podía tomar y dejar a su antojo. Quizá pensaba que ella no tenía sentimientos.

Pero el orgullo funcionaba de manera curiosa... en cuanto lo herían comenzaba a curarse para poder proteger. Sonrió abiertamente a Zahid y le dijo que apreciaba mucho su amable oferta, así como que pretendía regresar algún día a Marruecos con su hijo.

—¿Tienes un hijo? —preguntó Zahid, asombrado.

—Sí, tiene cinco años —dijo ella.

Pero entonces vio cómo el jeque comenzó a hacer cálculos mentales y decidió aclararlo.

—Rompí con su padre cuando todavía estaba embarazada.

—¿Tiene cinco años? ¡Tú debiste de ser poco más que una niña cuando lo tuviste!

De alguna manera, Natasha logró permanecer allí sentada desayunando. Tras ello, una vez se hubo despedido de Zahid y éste se hubo marchado, se levantó.

—¿Por qué tienes tanta prisa? —preguntó Raffaele.

–¡Para hacer las maletas, desde luego! –espetó, comenzando a alejarse.

Raffaele esbozó una mueca y se levantó, siguiéndola hasta la suite que habían compartido, donde la agarró y le dio la vuelta para que lo mirara.

–Quizá deberíamos retrasar nuestro vuelo durante unas horas –dijo con voz ronca.

–¿Ah, sí? ¿Por qué? ¿Qué otra cosa tienes en mente? –preguntó Natasha, mirándolo fijamente.

–Ésa es una pregunta muy tendenciosa, *cara* –dijo, acercándola hacia su cuerpo y aproximando sus labios al cuello de ella. Se deleitó con el inconfundible aroma de su piel–. Puedo pensar en muchas cosas que me gustaría hacer ahora.

Y ella también. Cosas que tenían que ver con la cálida caricia de él y con la manera en la que sentía la dureza del excitado sexo de él presionando contra su cuerpo...

–¿Ah, sí? –dijo.

–Mmm –gimió él, acariciándole el oído–. ¿No puedes hacerlo tú?

–Raffaele, por favor...

–¿Por favor qué, *cara*?

Ella quería decirle que por favor dejara de tocarle los pechos de la manera en la que lo estaba haciendo. Pero parecía que su cuerpo tenía otras ideas... ya que estaba deleitándose con aquello.

–¡Oh! –gimió al subirle él el vestido.

Raffaele no estaba perdiendo el tiempo con ternura y le estaba bajando las bragas. Ella gimió de nuevo al comenzar él a tocarle donde más lo deseaba.

–¡Raffaele! –exclamó cuando ya no pudo hacer otra cosa que dejarse llevar.

–Sí –dijo él, bajándose la cremallera del pantalón con desesperación y acercando a Natasha la pared.

Miró los labios de ella y sus enormes ojos antes de penetrarla con tanta fuerza y tan profundamente que su suspiro de satisfacción se convirtió en un gemido muy profundo.

No hubo tiempo para pensar, ni para hablar, ni para quejarse... ni siquiera para besar. El orgasmo que se apoderó del cuerpo de ella fue tan repentino e inesperado que Natasha se sintió casi estafada. Como si él le hubiese robado algo que no sabía muy bien lo que era. Raffaele le acompañó en el océano de placer casi inmediatamente, sintiendo cómo su cuerpo se convulsionaba mientras la abrazaba con fuerza, maldiciendo en italiano...

Ella esperó a que él se hubiera tranquilizado antes de apartarlo, empujándole el pecho. Él la había *utilizado*... había utilizado su cuerpo para satisfacer sus necesidades...

–¿Tasha? –dijo Raffaele, impresionado por lo que acababa de pasar–. ¿Estás bien?

Ella estaba muy mal, muy herida. Pero el *signor* nunca lo sabría.

–Sí, estoy perfectamente. ¿Por qué no iría a estarlo? Y ahora me gustaría que nos marcháramos al aeropuerto y tomáramos un avión. ¿O se dice *subir* a un avión? No estoy segura. Antes de este viaje no había viajado en avión... desde luego que no en uno privado... pero tú eres el experto, ¿verdad, Raffaele? Tú eres el experto en casi todo. Dímelo *tú*.

–¿No íbamos a retrasar nuestro regreso? –preguntó él.

–Pero ya no tenemos que hacerlo. Ahora no –dijo ella, apartándose de él.

—¿De qué estás hablando?

Ella se dijo a sí misma que se lo dijera.

—Bueno, acabamos de practicar sexo, ¿no es así? Por lo cual ya nos podemos marchar. A no ser que tú estés planeando realizar un par de asaltos más antes de marcharnos.

—¿*Asaltos*? ¡No estamos hablando de un combate de boxeo! —exclamó él, encolerizado—. Y no tenías por qué haberlo dicho de esa manera tan... *clínica*.

—Oh, por favor, Raffaele... ¡no enmascaremos los hechos para hacerlos parecer más agradables! Es sobre lo que ha versado todo este fin de semana, ¿no es así? Sexo, puro y simple, una necesidad básica de los humanos que ambos hemos satisfecho.

—¿Por qué estás hablando así de repente? —exigió saber él.

—¡Porque es la verdad! ¡Y lo sabes! —espetó, dándose la vuelta y dirigiéndose hacia su vestidor antes de que él pudiera tocarla. Sabía que no iba a ser fácil.

A lo largo de los años había aprendido a amarlo... y, en aquel momento, iba a tener que aprender a odiarlo. Para Raffaele, ella no era otra cosa que una persona que podía serle útil.

Quizá la única manera en la que podía recuperar la cordura sería volviendo a ejercer el papel que le correspondía. Volver a ser quien era. Quien siempre había sido. Su empleada... nada más ni nada menos.

Estaba metiendo la ropa interior en la maleta cuando Raffaele entró al vestidor.

—Tenemos que hablar sobre lo que vamos a hacer cuando regresemos a Inglaterra —dijo él cortantemente—. ¿Estás dispuesta a continuar con nuestro acuerdo?

—Durante el tiempo que sea necesario, continuaremos con nuestro acuerdo –contestó ella, que no estaba dispuesta a dejarle saber lo vulnerable que se sentía–. Y, como la prensa no tiene acceso a la habitación, no sabrán que no es una relación de verdad, ¿no es así? Cuando Elisabetta se ponga bien y tú decidas que ya no es necesario que sigamos con la farsa, entonces dejaremos que todo se vaya apagando. Para ese entonces ya habrá una nueva historia y la deuda que yo tengo contigo habrá sido pagada.

Raffaele se quedó mirándola, viendo reflejado en sus ojos algo que nunca antes había visto, como una especie de nueva frialdad. La habitual adoración había desaparecido.

–¿Es así como lo ves? ¿Como el pago de una deuda? ¿Eso es lo que piensas de todo lo que ha ocurrido entre ambos? –exigió saber.

–Dejemos nuestros egos aparte y ciñámonos a los hechos, ¿te parece, Raffaele?

Capítulo 13

RAFFAELE había pensado que Natasha se iba a haber ablandado en el viaje de vuelta a Londres... pero la realidad fue muy diferente.

Ella se comportó de manera fría, distante y educada. Al principio él le permitió salirse con la suya, el vuelo estaba siendo turbulento y había demasiados auxiliares de vuelo alrededor como para retar la determinación de ella con seducción. Pero cuando regresaron a la casa y ella apartó la cabeza al ir él a besarla, Raffaele frunció el ceño.

–¿Vamos a dejar ya esta farsa? Creo que ya has dejado clara tu posición, *cara*.

–¿Qué posición se supone que estoy dejando clara, Raffaele?

–No lo sé, *cara* –dijo él suavemente, enmascarando lo furioso que estaba–. Y, para serte sincero, no me importa... hay sólo una cosa que me importa ahora mismo, y ambos sabemos lo que es.

Natasha se quedó mirándolo, pensando lo fácil que sería seguir permitiéndole que la besara... pero a la vez sería muy estúpido. Cada vez que él la penetraba se estaba encadenando con más fuerza a su corazón. Cada beso era como una marca que nadie podía ver pero que le iba a dejar una cicatriz de por vida.

–Ya te dije en Marruecos que iba a continuar con

nuestra farsa, pero el sexo no puede continuar. Tiene que... parar –dijo agitadamente.

–¿Te importaría decirme por qué? ¿Es porque Sam va a volver dentro de poco?

–En Inglaterra tenemos un dicho que dice que no se debe jugar con fuego porque te quemas.

Raffaele sonrió cruelmente. Podía ver cómo le temblaba el cuerpo a ella, y se dijo a sí mismo que sería muy fácil hacer que se tragara sus palabras, que le pidiera que le hiciera el amor. Pero él nunca suplicaba.

–Entonces, mantente apartada del fuego –dijo burlonamente–. Deja que tu cuerpo se enfríe, Tasha.

Natasha observó cómo el deseo abandonó la expresión de la cara de él, que se marchó de la sala, dejándola a ella con un mal presentimiento. Quería correr tras él, pero sabía que si lo hacía estaría perdida para siempre.

–Me voy a París –gruñó él.

–¿Cuándo?

–Esta noche.

Sam llegó de la casa de su amigo Serge lleno de energía y entusiasmo. Incluso tenía otro aspecto... como si llevara separado de Natasha durante meses y no sólo unos pocos días. Pero el haber estado separados le había hecho reconsiderar las cosas y las veía de manera diferente. Su hijo la había echado de menos, sí, pero sólo de la manera en la que un niño de cinco años *debe* echar de menos a su madre.

Se había dado cuenta de que tenía que aumentar la libertad de su pequeño. Tenía que aprender a soltar las amarras... de su hijo y de otras muchas cosas más.

Una vez que Raffaele telefoneó desde Francia, Natasha trató de convencerse a sí misma de que el tono cortante que había empleado él al hablar con ella se había debido a la mala calidad de las líneas internacionales. Pero en lo más profundo de su corazón sabía la verdadera razón. Como su breve aventura sexual había terminado, estaba poniendo distancia entre ambos, y eso, también, era inevitable. Pero reconoció que al haber cambiado su relación la había destruido; ya no había vuelta atrás a lo que había sido.

Por lo menos las noticias de la clínica eran buenas. Elisabetta había ganado peso y estaba mejorando mucho. La iban a trasladar a una clínica en los Estados Unidos. El mundo había seguido adelante y un divorcio ocurrido en Hollywood había hecho que ya nadie tuviera interés en la medio hermana de un multimillonario italiano.

El compromiso de ambos ya no era noticia en los periódicos. Incluso durante las dos mañanas anteriores ella no se había puesto su anillo de compromiso y nadie lo había notado.

Normalmente, cuando Raffaele estaba de viaje era como un cambio de rutina. Pero en aquella ocasión fue diferente. Fue como si hubiese un enorme vacío en su vida. No se podía concentrar en nada y sentía como si no perteneciera a aquel lugar...

Acordó una cita con el director del colegio de Sam ya que algo que le había dicho aquél le había hecho pensar.

Alguien dio un portazo a la puerta a la semana siguiente y Natasha alzó la mirada... no estaba preparada para ver a Raffaele entrar en la casa. Sintió cómo aquella vieja espada del amor le traspasó de nuevo... pero en aquel momento era más afilada, más dura... afilada por su ausencia y por el conocimiento de sus labios y su cuerpo, por saber cómo podría ser la vida al ser la mujer de Raffaele. Observó cómo él dejaba en el suelo su cartera. No se atrevía a moverse ni a hablar por miedo a hacer algo humillante... como suplicarle que la besara o que la llevara a la cama...

Despacio, él se quitó el abrigo, pensando en lo pálida que parecía ella. Se quedó mirándola y vio cómo le latía el pulso en el cuello... y recordó que le había besado en aquel mismo lugar.

—¿Cómo estás, Tasha?

—Estoy bien, ¿y tú? ¿Has tenido buen viaje?

—Ha sido productivo —contesto él lacónicamente. Entonces se dio la vuelta.

Realizó un par de llamadas telefónicas, tras lo cual se dirigió a la cocina. Natasha estaba allí y levantó la mirada como un animal que acaba de oír un ruido amenazante.

—¿Quieres... café?

—En realidad necesito beber algo de alcohol —dijo él.

Ella pensó que Raffaele normalmente nunca bebía antes de la cena.

—No me dijiste que ibas a regresar hoy.

—¿Quieres decir que no te advertí? —dijo él, sonriendo tristemente y ofreciéndole a ella la botella de vino.

Natasha negó con la cabeza.

—Pensé en darte una sorpresa.

—Raffaele, tengo que hablar contigo —dijo ella, que pensó que todo aquello era horrible.

–¿Qué ocurre, Tasha? –preguntó él, sirviéndose vino y bebiendo un poco. Logró aliviar levemente la tensión que sentía.

–Tengo algunas noticias.

–¿No estarás embarazada? –dijo él, agarrando con fuerza el vaso de vino y dejándolo sobre la mesa.

El frío tono de voz de él confirmó las peores sospechas de ella y le hizo darse cuenta de que la decisión que había tomado era la mejor para todos.

–No, no lo estoy. Me estoy tomando la píldora.

–Oh, vamos... ningún anticonceptivo es cien por cien seguro, *cara*. Tú, más que nadie, debes saberlo.

Pero entonces vio la expresión de la cara de ella.

–No he debido decir eso. Lo siento.

–No... por favor. No lo sientas. Después de todo, es verdad. Mira, el otro día estuve hablando con el director del colegio de Sam.

–¿De verdad? –preguntó él educadamente–. ¿No estará Sam metido en problemas, verdad?

–Todo lo contrario. Lo está haciendo excepcionalmente bien. Así que bueno, le han ofrecido una beca en un colegio más grande –Natasha hizo una pausa–. En Sussex.

–¿Sussex? –dijo él sin comprender, frunciendo el ceño–. Pero eso está muy lejos.

–Sí, lo está –concedió ella–. Y es precioso. Deberías ver el colegio. Está en el campo... tienen unos enormes patios para jugar.

–Pero tú vives *aquí* –objetó él–. ¿Cómo demonios va ir al colegio? ¿O estás planeando mandarle interno?

–No. Él... bueno, nosotros... viviremos en Sussex.

En ese momento se creó un tenso silencio.

–¿*Nosotros*? ¿Estás planeando comprar algo allí? ¿O alquilar?

Raffaele estaba tratando de hacerle ver que dependía económicamente de él, pero ya no era así.

–En realidad nada de eso. El colegio me ha ofrecido un trabajo como asistente de enfermera... y hay una pequeña casita que se reserva para la persona que ocupe ese puesto. Nos podemos mudar en cuanto queramos antes de Navidades –dijo, respirando profundamente para otorgar a sus palabras un tono convincente–. Será un lugar estupendo para pasar las Navidades.

–¿Tú? ¿Como asistente de enfermera? –dijo él, frunciendo el ceño–. *Madonna mia*, Tasha... ¡ése es un trabajo para una mujer mayor!

–¡En realidad es el trabajo perfecto para alguien como yo!

Raffaele deseaba abrazarla con fuerza y exigirle que se quedara, pero quizá eso era lo que ella quería.

–Tal vez estás tratando de ponerme en evidencia –observó suavemente.

–No estoy segura de entenderte... –dijo ella, mirándolo y frunciendo el ceño.

–¿Seguro que no? –dijo él, esbozando una cruel sonrisa al ver el maravilloso aspecto de ella–. Supongo que has disfrutado de todos los lujos que nuestra falsa relación te ha otorgado, ¿no es así? Quizá los has disfrutado más de lo que nunca podías haber imaginado. Tal vez ésa sea una de las razones por las cuales accediste de buena gana a practicar sexo conmigo. Pero quizá, el resultado de nuestra pequeña *liaison* no te ha gustado mucho, *mia bella*... quizá querías llegar un poco más lejos, ¿no es así?

–¡No sé de qué estás hablando!

–¿No lo sabes? –dijo él, emitiendo una pequeña risita–. ¡Estoy hablando del matrimonio! ¿No te vendría mejor darle a tu papel un estatus oficial... como esposa mía? ¿Hum? ¿Y qué mejor manera de conseguirlo que amenazando con marcharte?

Durante un momento, Natasha pensó que no le había oído bien, pero al mirarlo a la cara y ver en ella reflejada una oscura expresión supo que no había confusión.

–¿Cómo puedes pensar eso de mí? ¿Cómo puedes hacerlo, Raffaele? ¿Cómo puedes pensar que yo sea capaz de un comportamiento tan taimado? Me acosté contigo porque quería... porque no me pude controlar. No había ningún motivo oculto.

–Bueno, entonces vete, Natasha. Márchate y sublima tu vida enterrándote en algún colegio dejado de la mano de Dios.

–¡Como si aquí no hubiese estado enterrada!

–Eso fue decisión tuya –dijo él con la voz calmada.

Él tenía razón... ella había decidido su modo de vida. Y, en realidad, quizá sí que había habido una parte de ella que había esperado un final feliz para la felicidad de cuento de hadas que había experimentado en sus brazos...

–¿Con cuánto... con cuánto tiempo de antelación quieres que te avise? –preguntó.

–Vete en cuanto quieras –espetó él–. Puedo telefonear a una agencia y sustituirte en un instante.

Aquello le demostró a ella lo importante que era para él, pero quizá era mejor así ya que de aquella manera no le quedarían dudas de si él la deseaba en realidad.

–Muy bien. Lo organizaré para que sea lo antes posible –dijo, dirigiéndose a la puerta. Pero al llegar a ella vaciló y se dio la vuelta.

Él la estaba mirando con una máscara de fría indiferencia.

–Hay sólo una cosa que quiero decirte, Raffaele.

–¿Sí? Supongo que necesitarás una referencia, ¿no es así?

Natasha se sintió mareada ante aquello y se preguntó si él sabía el daño que estaba haciéndole...

–Sí, claro que me gustaría que me dieras referencias... pero lo que estaba pensando era en Sam.

Sam. Por primera vez, la máscara decayó... y Raffaele sintió el dolor del arrepentimiento en su corazón ya que le había tomado mucho cariño al pequeño.

–¿Qué pasa con él? –preguntó ásperamente.

Ella abrió la boca para ir a decirle que Sam lo iba a echar de menos, pero cambió de idea en el último minuto ya que si le daba mucha importancia al asunto él le acusaría de utilizarlo y de buscar un padrastro rico para su hijo.

–Él ha estado muy contento aquí –dijo–. Gracias.

–*Prego* –dijo él, dándole la espalda y sirviéndose más vino.

Capítulo 14

LA CASA parecía vacía.

La casa *estaba* vacía.

Raffaele cerró la puerta principal dando un portazo y oyó aquel silencio que le pesaba como una losa. Pero entonces oyó a unos niños que cantaban villancicos en la calle y abrió la puerta. Se preguntó por qué le parecía tan doloroso oírlos...

Se planteó si era porque le recordaban a Sam.

Y a Tasha.

Tasha...

Los pequeños se acercaron y le pidieron dinero para los huérfanos. Raffaele sacó un billete de su bolsillo y lo metió en el bote que le habían acercado.

—Cantad *Silent Night,* por favor —pidió en voz baja, cerrando la puerta. Se preguntó qué clase de razón masoquista le había hecho pedir tal cosa.

Aquella noche se preparó para salir a una cena para recaudar fondos ya que no había encontrado excusa razonable para no asistir, aunque le había dicho al organizador que le entregara su segunda invitación a otra persona.

Se marcharía en cuanto fuera razonable. Asistir a aquella cena era lo último que deseaba, o que necesitaba, pero su empresa había hecho una considerable donación y sabía que su presencia sería importante.

Al llegar al evento vio a los habituales periodistas esperando en la puerta. Varios le preguntaron qué había ocurrido con su novia... pero él agitó la cabeza de manera desdeñosa y continuó andando.

Una vez dentro, vio a varias personas que conocía y a muchas con las que había hecho negocios, incluyendo a John Huntingdon, que había estado presente la noche en la que había llevado a Tasha a cenar. Éste iba acompañado de una impresionante y joven mujer.

Raffaele frunció el ceño ya que no sabía si era la misma mujer que la última vez...

—Creo que ya nos hemos visto antes, ¿no es así?

—Oh, no... ¡creo que no! —dijo la mujer, negando con su rubia cabeza—. ¡Me acordaría de *ti*! Johnny y yo sólo llevamos saliendo dos semanas y media... no es así, ¿cariño? Perdonadme... ¡tengo que ir al tocador a empolvarme la nariz!

Ambos hombres observaron cómo la mujer se alejó.

—Cada día estás con una mujer más joven —observó Raffaele.

—¡Oh, son todas intercambiables! —dijo John alegremente—. Cuando has estado casado tantas veces como yo lo mejor es no depender de ninguna... ¡y menos de una que salga cara! —entonces frunció el ceño—. Pero me gustó la mujer que trajiste contigo la última vez. Era *diferente*.

—¿Tasha? —dijo Raffaele, asintiendo con la cabeza—. Sí, desde luego que era diferente.

Estuvo pensando en ella durante toda la velada. Y durante toda la noche también.

Natasha le había enviado su nueva dirección y número de teléfono, acompañados por una nota muy dulce de Sam, donde el pequeño le decía que estaba disfrutando del campo. Y que estaba jugando al fútbol. Por alguna razón, aquello le había dolido más que nada...

Se preguntó si no debía ir a verlos y a llevarle al pequeño un regalo de Navidad. También podría ver qué estaba haciendo Tasha. Se planteó si alguna vez sería capaz de librarse de aquella fastidiosa inquietud sin siquiera *intentarlo*...

El día era frío y el cielo estaba despejado. El paisaje era precioso y, al acercarse al colegio, vio que incluso había un pequeño lago con patos. Era un lugar idílico.

No le había dicho a Natasha que iba a ir a verlos. Quizá ella ni siquiera estuviera allí. Incluso tal vez hubiera algún nuevo hombre en escena. Frunció el ceño y agarró el volante con fuerza.

Al llegar a una bifurcación donde se indicaba «Spring Cottage», giró y pudo ver una figura en el jardín, cavando la tierra. Aunque llevaba un gorro y ropa unisex, supo que era Tasha.

Ella debió de haber oído el sonido del coche ya que dejó de cavar y se enderezó. Clavó la pala en el suelo y se apoyó en ella.

Se quedó mirando el coche, pero no lo reconocía. Aunque no le fue necesario... ella reconocería a Raffaele en cualquier parte, lo sentiría de lejos en una oscura noche. Pero se dijo a sí misma que era porque tenía mucha experiencia como su empleada...

Observó cómo él aparcó y salió del coche, acercándose a ella. Pero ella no se acercó a saludarlo. No podía. Sintió como si sus piernas se hubieran quedado allí clavadas.

Mientras él se acercaba, pudo sentir lo rápido que le comenzó a latir el corazón. Trató de sonreír, pero el aire helado pareció haberle congelado la cara, y se dio cuenta de lo mucho que lo había echado de menos.

–Hola, Raffaele.

–Hola, Tasha.

Ambos se quedaron allí, mirándose el uno al otro.

–Esto es una... sorpresa.

–Sí –dijo él, asintiendo con la cabeza.

–¿Te gustaría... te gustaría entrar?

–¿Estás haciendo planes para tu jardín? –preguntó él, mirando a su alrededor.

Aquello le mandaba un claro mensaje de la vida de ella en aquel lugar; se habían establecido allí. La gente no hacía planes si no pretendía quedarse el suficiente tiempo en un lugar.

Pero ella no le iba a decir que trabajar en el jardín se había convertido en una especie de terapia para desconectar, que le ayudaba a distraerse de los constantes sentimientos de arrepentimiento y reflexión que no dejaban de invadirle la cabeza...

–Soy un poco novata –admitió.

Pero entonces recordó aquella terrible última conversación que habían tenido... que había comenzado con una parecida actitud educada y había terminado con Raffaele acusándola de querer casarse con él porque se había acostumbrado a los lujos que él le podía ofrecer.

–Raffaele, ¿por qué has venido?

Aquella pregunta lo dejó desconcertado ya que no había planeado lo que iba a decir.

–¿No íbamos a entrar dentro?

–Está bien –dijo Natasha, encogiéndose de hombros. Se quitó los guantes y se los metió en el bolsillo de la cazadora.

Él la siguió a dentro, donde ella se quitó el gorro... y pudo ver que las costosas mechas rubias habían desaparecido parcialmente. Debería haber resultado ridículo pero, de alguna manera, no era así ya que su pelo tenía el brillo natural de la salud y de la juventud.

Raffaele miró a su alrededor y se dio cuenta de que ella había creado en aquella pequeña casa la clase de confortable nido que parecía siempre rodearla. Vio que sobre una mesa había un libro de gramática francesa.

—Has abandonado el italiano, ¿no es cierto, Tasha?

Ella estaba aterrorizada por si hacía algo estúpido como llorar o decirle lo gris que era su vida sin él. Parpadeando furiosa, lo miró.

—¿Por qué has venido? —exigió saber.

—He traído un regalo de Navidades para Sam.

—Oh —dijo ella, decepcionada ante aquella respuesta, aunque en realidad no hubiese querido otra—. Es muy amable por tu parte.

—¿Él no está aquí?

—No. Ha salido con un amigo.

—Ya veo —dijo Raffaele, pensando que era estupendo. Quería ver a Sam, pero no en aquel momento.

Entonces vio la expresión de los ojos de ella... una expresión precavida, como de un animal preocupado. Nunca antes había tenido que arriesgarse en lo emocional y estaba realmente temeroso de que ella fuese a pedirle que se marchara. Respiró profundamente.

—Te echo de menos, Tasha.

A ella le dio un vuelco el corazón, pero mantuvo inmutable la expresión de su cara. Se preguntó si él pensaba que ella era una especie de juguete con el que jugar cuando se aburría.

—Bueno, eso también es muy amable –dijo de manera insulsa–. Pero estoy segura de que debes de haber encontrado una sustituta adecuada. Si me acuerdo bien, me dijiste que sólo tenías que tomar el teléfono y me podrías sustituir en un instante.

A él le impresionó haber dicho aquello. Había estado enfadado y asustado... No había querido llegar a aceptar que había conocido a una mujer que no era como el resto de mujeres que él siempre había conocido.

Había llegado a convencerse de que la clase social de ella la hacía inadecuada para ser su pareja... pero eso también había sido una excusa tras la que esconderse.

—Tasha, escúchame. Te echo de menos y quiero que regreses conmigo.

—Hay otras amas de llaves, Raffaele.

—No estoy buscando un ama de llaves.

—¿De verdad? –dijo ella educadamente.

Raffaele la miró con admiración. Era magnífica, y se preguntó cómo había podido pasar tantos años sin haberse dado cuenta de ello.

—Estoy buscando una amante, *cara mia*.

—Bueno, ¡ambos sabemos que no faltan candidatas para ello!

—Pero sólo hay una persona que reúne los requisitos para serlo. Y lo sabes –dijo él dulcemente–. Y esa persona eres tú.

A Natasha volvió a darle un vuelco el corazón. Deseaba gritar de emoción y correr a sus brazos, besarlo y... y...

Tragó saliva. Aquello no era un juego. Se dijo a sí misma que seguramente él la deseaba porque ella se había marchado primero y él no había tenido tiempo de cansarse de ella. Él estaba buscando un amante y ella no. Bueno, desde luego que no otro amante como él... que le podía herir con la clase de dolor que ella ni siquiera se había dado cuenta que existía.

—Yo no puedo manejarme en tu mundo, Raffaele —le dijo sinceramente—. No puedo hacer las cosas que tú haces. Para ti, yo sólo soy otra mujer. Pero para mí... —se detuvo, percatándose de que estaba revelando demasiadas cosas, y eso sería un gran peligro.

—¡Pero tú no eres sólo otra mujer, Tasha! Tú eres la mujer a quien yo quiero. La casa ya no es lo mismo desde que tú te has ido...

—Entonces... ¡contrata a otra persona! ¡A alguien que la mantenga arreglada y que cocine para ti, para que así tú te puedas engañar pensando que es un hogar de verdad!

—¡No es de eso de lo que estoy hablando, y lo sabes! —explotó Raffaele—. Mi vida tampoco es lo mismo sin ti.

—¡Pero si tú siempre estás viajando al extranjero! —objetó ella—. Yo apenas era algo cotidiano para ti. Tu vida no puede haber cambiado *tanto*.

—Siempre solía regresar a *ti* —dijo él tercamente—. Ahora no lo hago. Puedes discutir conmigo todo lo que quieras, Natasha... no creas que yo no he hecho lo mismo, una y otra vez, tratando de encontrar sentido a todo esto. Pero no puedo. Te echo de menos. Te deseo —entonces hizo una pausa—. Te amo.

Aquello dejó a Natasha paralizada... ya que conocía lo suficiente a Raffaele como para saber que nunca diría algo así a no ser que lo sintiera.

Pero le había dicho algunas cosas horribles y se preguntó si se creería con derecho a hacerlo.

–¿Crees que puedes acusarme de querer llevarte al altar y luego fingir que nunca ha ocurrido? ¿Como si estuviera bien hacerle daño a la gente?

–Desearía poder borrar lo que dije, *mia bella*, pero no puedo. Estaba asustado ante la manera en la que me estabas haciendo sentir, y eso me hizo arremeter contra ti. Pero me aterra mucho más pensar que te haya podido perder. Yo... ¡que siempre pensé que no tenía miedo a nada!

Pudo ver reflejado en los ojos de ella que se le estaba ablandando el corazón.

–La cuestión es si puedes mirarme a los ojos y decirme que no me amas. ¿Puedes hacerlo, Tasha? ¿Puedes sinceramente hacer eso?

–Sabes que no puedo –susurró ella–. Siempre lo has sabido.

–Ven aquí –dijo él, tendiéndole los brazos–. Ven conmigo, Tasha.

Ella vaciló durante un último segundo antes de echarse en sus brazos.

–Oh, Raffaele –dijo, mordiéndose el labio inferior para contener las lágrimas.

Estaba temblando, y Raffaele comenzó a besar las lágrimas que finalmente ella no pudo evitar derramar. La abrazó estrechamente, haciéndolo durante un largo rato.

–Ahora... llévame a la cama –dijo, susurrando en el oído de ella–. No puedo esperar más.

–¿Ah, no? –bromeó ella, sintiéndose de nuevo poderosa al guiarlo a su pequeña habitación.

Él rió al ver la diminuta cama que allí había.

—¡Dios! –exclamó–. ¡Creo que desde que tenía diez años no he vuelto a dormir en una cama como ésa!

—No pensaba que quisieras dormir.

—Ah, Tasha –susurró él dulcemente, acariciándole la mejilla–. Mírate, *Bella. Mia bella... sempre*. Bésame –exigió–. Bésame ahora.

Natasha se puso de puntillas y le abrazó el cuello, posando los labios en los de él, que gimió, encantado. Ella sonrió... ya que podía hacer que aquel increíble hombre gimiera con sólo besarlo.

Hacía demasiado frío para quitarse la ropa lentamente, por lo que se la quitaron y la dejaron en el suelo amontonada. Una vez bajo el edredón, se exploraron el uno al otro con los ojos, labios y manos como si fuera la primera vez.

Y, de alguna manera, lo era... desde luego que sí para Raffaele. Era la primera vez que practicaba sexo y permitía que las emociones entraran en juego...

Más tarde, encendieron la chimenea y se sentaron en el suelo delante de ella mientras asaban las castañas que Natasha había comprado el día anterior en el mercado... y de aquella manera fue como los encontró Sam.

Al verlos, sonrió abiertamente... emitió un pequeño grito y se echó a los brazos de Raffaele.

Epílogo

SEGÚN Natasha, había sido el peor momento en el que un hombre podía haber ido a su puerta a decirle que quería pasar el resto de su vida con ella. Después de todo, ella acababa de aceptar un nuevo trabajo, y Sam debía comenzar el colegio después de las Navidades.

Raffaele había tenido que dejar de pedirle que regresara con él inmediatamente ya que la virtud de Tasha de no querer fallar a la gente era una de las cosas que le encantaban de ella.

Así que le habían preguntado a Sam qué quería hacer... pero la respuesta del pequeño no había realmente ayudado. Les había dicho que no le importaba dónde vivieran siempre y cuando los tres estuvieran juntos.

En ese momento, Natasha se había dado cuenta de que Raffaele era muy importante para su hijo... que era un padre para Sam en casi todos los sentidos de la palabra.

Finalmente habían ido a hablar con la directora del colegio para explicarle que habían decidido comprar una casa por la zona para que Sam asistiera al colegio.

Ambos se habían enamorado de aquel rincón de la campiña inglesa. Estaba lo suficientemente cerca de un gran aeropuerto, y así Raffaele podría viajar al extranjero... aunque ya le apetecía menos viajar y, por primera vez en su vida, le atraía la idea de delegar en otros y quedarse en casa. También estaba lo suficientemente cerca de Londres como para que él fuese cuando quisiera.

Habían encontrado una gran casa antigua con una parcela tan grande que Sam podía jugar un partido de fútbol en ella si quería. Había establos para caballos y una gran cocina con un jardín donde podrían plantar melocotones blancos... fruta que a Raffaele le había encantado de niño. Quizá no fueran a crecer tan grandes ni tan dulces como aquella recordada fruta... pero plantarlos representaría un símbolo de algo que él había encontrado con Tasha. Raíces.

Era la clase de casa que ninguno de los dos había tenido nunca pero que ambos habían deseado. Era un hogar. El primer hogar para ambos.

—El hogar es donde esté tu corazón —dijo Natasha.

Él la había besado y la estaba llevando a su habitación.

—Es cursi, pero cierto.

—Entonces mi casa está contigo, *mia bella* —dijo él dulcemente—. *Per sempre*.

El conocimiento de Natasha del italiano había mejorado mucho y sabía que aquello significaba «para siempre»... pero aunque no hubiese entendido ni una palabra del idioma hubiese sabido lo que significaba.

Podía leerlo en sus ojos.

Bianca™

**No era lo bastante buena para ser su amante…
pero conseguiría que fuera su esposa**

Para Erin Lavelle, la aparición de Peter Ramsey en su vida fue como un cuento de hadas y el guapo millonario australiano era su príncipe… Pero después de dos días increíbles, sus sueños se desvanecieron como el humo cuando él la dejó.

Peter había creído que Erin era diferente… sencilla y sincera. Entonces descubrió que ocultaba un secreto que la equiparaba a todas las cazafortunas a las que había conocido. Pero cuando supo que Erin estaba embarazada, decidió proteger a su futuro hijo del único modo que conocía… el matrimonio.

Como un cuento de hadas

Emma Darcy

Acepte 2 de nuestras mejores novelas de amor GRATIS

¡Y reciba un regalo sorpresa!

Aventura pasional
Lilian Peake

¿Supondría su secreto el final de aquella relación?

Tamsin tuvo mala suerte al sufrir un accidente, pero su vida cambió radicalmente cuando su tío le ofreció unas vacaciones en Suiza, en un lujoso hotel a orillas del lago Lugano. Allí se encontraba rodeada de todo tipo de comodidades y con el atractivo Sarne Brand prestándole toda la atención que ella pudiera desear.

Pero algo comenzó a enturbiar la maravillosa relación que empezaba a formarse entre ellos: Sarne le había dicho que no confiaba en ella porque, para él, sólo era una frívola niña rica.

Deseo™

Sensualmente dulce

Yvonne Lindsay

Para el despiadado magnate Hunter Dolan no había nada tan delicioso como la venganza. Diez años después de haber vivido un apasionado romance con Lily Fontaine... y de que los Fontaine traicionaran a su familia, Hunter seguía resentido. Ahora, por fin, estaba a punto de destrozar el imperio de sus enemigos y conseguir la victoria.

Llevarse a Lily a la cama era el más atractivo de sus planes; conseguir que aquella mujer le diera el hijo que tanto tiempo llevaba deseando sería el broche de oro de su venganza...

La venganza se le presentaba en una caja con forma de corazón...